O MESTRE DE GO

Yasunari Kawabata

O MESTRE DE GO

tradução e notas
Meiko Shimon

3ª edição

Título original: *Meijin*
Copyright © Herdeiros de Yasunari Kawabata, 1942-1954
© Editora Estação Liberdade, 2011, para esta tradução

Preparação e revisão Antonio Carlos Soares e Fábio Bonillo
Composição Antonio Kehl e Bianca Mimiza
Ideograma em caligrafia sho Hisae Sagara
Imagem de capa Obra de Midori Hatanaka para esta edição. Acrílico sobre folha de ouro
Editores Angel Bojadsen e Edilberto F. Verza

CIP-BRASIL. CATALOGAÇÃO NA PUBLICAÇÃO
SINDICATO NACIONAL DOS EDITORES DE LIVROS, RJ

K32m

Kawabata, Yasunari, 1899-1972
O mestre de Go / Yasunari Kawabata ; tradução Meiko Shimon. - São Paulo : Estação Liberdade, 2017.
224 p. : il. ; 21 cm.

Tradução de: Meijin
ISBN 978-85-7448-204-0

1. Ficção japonesa. I. Shimon, Meiko. II. Título.

17-43138   CDD: 895.63
                   CDU: 821.521-3

06/07/2017   11/07/2017

Nenhuma parte da obra pode ser reproduzida, adaptada, multiplicada ou divulgada de nenhuma forma (em particular por meios de reprografia ou processos digitais) sem autorização expressa da editora, e em virtude da legislação em vigor.

Esta publicação segue as normas do Acordo Ortográfico da Língua Portuguesa, Decreto nº 6.583, de 29 de setembro de 2008.

EDITORA ESTAÇÃO LIBERDADE LTDA.
Rua Dona Elisa, 116 | Barra Funda
01155-030 São Paulo – SP | Tel.: (11) 3660 3180
www.estacaoliberdade.com.br

冬

1

O mestre de go Shusai, vigésimo primeiro Hon'inbo[1], faleceu na manhã do dia 18 de janeiro de 1940, em Atami, na hospedaria — hotel em estilo tradicional japonês — Urokoya. Tinha 67 anos, em contagem antiga.[2] A data da sua morte é lembrada com facilidade em Atami, porque na véspera a cidade celebra o Festival Koyo, em homenagem à famosa cena do romance *Demônio dourado*[3], em que o protagonista, o jovem Kan'ichi, declara na praia de Atami, na noite de 17 de janeiro: "jamais esquecerei a lua desta noite e deste mês...". O mestre Shusai faleceu no dia seguinte a esse festival.

---

1. Escola ou casa Hon'inbo, fundada em 1612, é uma das quatro mais tradicionais escolas de go do Japão. O título de Mestre Hon'inbo foi hereditário até o vigésimo primeiro; o último foi o mestre Shusai (1876-1940). Shusai se tornou Hon'inbo em 1908, e seu nome verdadeiro é Yasuhisa Tamura. Ao se retirar da vida profissional, em 1936, cedeu ao Nihon Ki-in (Associação Japonesa de Go) o título Hon'inbo, o qual, a partir de então, passou a ser usado pelo vencedor do campeonato de mesmo nome.
2. Tradicionalmente, atribuía-se um ano à criança ao nascer e mais um ano no dia 1º de janeiro, independentemente da data de seu aniversário. O modo de contagem ocidental foi oficializado, de forma definitiva, em 1950. As idades referidas nesta obra seguem a contagem antiga.
3. *Konjiki yasha*, romance melodramático de Koyo Ozaki (1867-1903) de grande sucesso popular, que ficou inacabado devido à morte do escritor.

Todos os anos, costuma haver algum evento literário no festival e, no ano em que Shusai morreu, a celebração foi grandiosa. Foram prestadas homenagens póstumas ao próprio Koyo Ozaki e também a dois outros escritores, Chogyu Takayama[4] e Shoyo Tsubouchi[5], que tiveram ligações importantes com Atami. A cidade homenageou também três escritores da atualidade, Toshihiko Takeda[6], Jiro Osaragi[7] e Fusao Hayashi[8], que trataram de Atami em suas obras publicadas no ano anterior, e lhes entregou cartas de agradecimento. Participei desse festival, pois me encontrava em Atami na época.

Na noite do dia 17, houve uma recepção oferecida pelo prefeito da cidade no hotel Juraku, onde eu estava hospedado. Na madrugada do dia 18, fui despertado por um telefonema, que me informou da morte do mestre. Desloquei-me na mesma hora até a Urokoya e prestei as últimas homenagens ao falecido; em seguida, retornei à minha hospedaria e tomei o desjejum. Mais tarde, os escritores que tinham vindo ao Festival Koyo, alguns dos organizadores desse evento e eu fomos oferecer flores no túmulo de Shoyo e, no caminho de volta, visitamos o *baien* — jardim de *ume*[9] — florido.

---

4. Chogyu Takayama (1871-1901). Crítico literário e romancista.
5. Shoyo Tsubouchi (1858-1935), crítico literário, romancista e dramaturgo. Foi o principal responsável pela modernização da literatura japonesa. Especializado em literatura inglesa, traduziu para o japonês, entre outras, as obras completas de Shakespeare.
6. Toshihiko Takeda (1891-1961). Romancista e dramaturgo.
7. Jiro Osaragi (1897-1973), romancista, tradutor e ensaísta. Sua novela de época *Kurama Tengu*, em fascículos (folhetim), é de grande sucesso popular.
8. Fusao Hayashi (1903-1975). Novelista.
9. Ameixeira-do-Japão (*Prumus mume*). Árvore frutífera e ornamental da família das rosáceas. Floresce nos fins do inverno japonês; suas flores são

Entretanto, deixei o grupo em meio à recepção no pavilhão Bushoan, no *baien*, e voltei à Urokoya, onde fotografei o rosto do mestre morto; depois, assisti à remoção de seu corpo, que seria transladado para Tóquio. O mestre chegara a Atami no dia 15 de janeiro e faleceu no dia 18. Era como se tivesse vindo para morrer. Eu o visitara em sua hospedaria e nós jogamos duas partidas de *shogi*.[10] Naquele mesmo entardecer, pouco depois que eu o deixara, o mestre de repente se sentiu mal. Para ele, que gostava tanto de *shogi*, aquelas haviam sido as últimas partidas. Refletindo mais tarde sobre tudo que havia acontecido, percebi que eu escrevera as crônicas sobre o último jogo público de go do mestre Shusai, tinha sido seu último adversário de *shogi* e retratara sua última imagem, ele já morto.

Minha relação com ele começou quando o *Diário de Tóquio*[11] (atual *Mainichi Shinbun*) me convidou para cobrir o jogo de despedida do mestre. Embora fosse um evento promovido por uma empresa jornalística, envolvia uma grande e inédita organização. O jogo teve início em Tóquio, no dia 26 de junho de 1938, no restaurante Koyokan, no parque Shiba, e terminou na hospedaria Dankoen, em Itô, no dia 4 de dezembro do mesmo ano. Esta partida de go se prolongou por quase seis meses. Foram quatorze encontros de sessões consecutivas. A série de minha reportagem no

---

brancas ou rosas, e muito perfumadas. O fruto contém toxina e só pode ser consumido em forma de conserva.
10. Espécie de xadrez de origem chinesa que se desenvolveu no Japão. As peças são promovidas ao atingir o território do adversário, ganhando maior "poder" e liberdade no movimento.
11. Tradução literal de *Tokyo Nichi-nichi Shinbun*.

jornal chegou ao número 64. Como o mestre caíra doente no meio da competição, houve um recesso por cerca de três meses, de meados de agosto a meados de novembro. Devido à gravidade da doença do mestre, a partida tomara um aspecto ainda mais trágico. Sem dúvida aquele jogo encurtara sua vida. Após o término, o mestre não conseguiu mais recuperar a saúde e, pouco mais de um ano depois, veio a falecer.

2

Falando com precisão, o jogo de despedida do mestre terminou em 4 de dezembro de 1938, às duas horas e 42 minutos da tarde. O oponente do mestre, que jogava com as pedras pretas, fez o último lance, o 237º movimento da partida. No instante em que o mestre, sem uma palavra, colocou uma pedra "sem função" (*dame*) no tabuleiro, um dos árbitros, Onoda, sexto dan[12], indagou-lhe:

— Cinco pontos, senhor?

A voz soou com reserva e consideração. Onoda deve ter dito aquilo por solicitude para com o mestre, para lhe poupar o desconforto do trabalho de rearranjar o tabuleiro[13], pois não havia dúvida da derrota dele por cinco pontos.

— Sim. Cinco pontos... — murmurou o mestre e, levantando as pálpebras inchadas, não esboçou nenhum movimento para colocar as pedras e rearranjar o tabuleiro.

---

12. A classificação da habilidade no go se chama kyu (classe) ou dan (grau). O iniciante começa com a classe mais baixa, 20 kyu, até chegar a 1 kyu, e depois passa ao plano dos dan, que vão do primeiro ao nono.

13. Processo para tornar clara a contagem dos pontos dos adversários aos olhos dos leigos no assunto.

Nenhum dos assessores que enchiam a sala onde se realizava o jogo foi capaz de pronunciar uma única palavra. Como se quisesse atenuar o ar opressivo que dominava o ambiente, o mestre disse calmamente:

— Se eu não tivesse ficado hospitalizado, teria terminado ainda em agosto, em Hakone. — E perguntou quanto tempo ele usara em todo o jogo.

— As brancas, dezenove horas e 57 minutos... Três minutos a mais e o senhor teria chegado exatamente à metade do seu tempo disponível — respondeu o rapaz da categoria juvenil encarregado dos registros. — As pretas usaram 34 horas e dezenove minutos...

O tempo regulamentado de uma partida profissional de go para a categoria superior costuma ser em torno de dez horas para cada desafiante; no entanto, excepcionalmente para esta partida, fora fixado em quarenta horas para cada um, ou seja, quatro vezes mais do que o normal. De qualquer modo, as 34 horas gastas pelas pretas foram um tempo bem longo. O estabelecimento de limitação do tempo no jogo de go fora, sem dúvida, um acontecimento sem precedentes.

A partida terminou um pouco antes das três da tarde. A empregada da hospedaria trouxe chá e doces. Todos se mantinham silenciosos e com o olhar fixo no tabuleiro.

— Que tal, quer um *oshiruko*[14]? — perguntou o mestre ao seu oponente, Otake[15], sétimo dan.

---

14. Doce de feijão *azuki* em calda.
15. Nome fictício de Minoru Kitani (1909-1975), gênio do go que alcançou o nono dan.

Ao término da partida, Otake, que era muito mais jovem do que o mestre, disse:

— Mestre, fico muito grato ao senhor — e inclinou-se em profunda reverência, permanecendo de cabeça pendente para frente, sem esboçar nenhum movimento. Com ambas as mãos postas de forma correta sobre as coxas, seu rosto normalmente branco estava pálido.

Encorajado pelo mestre, que desmanchava as pedras postas no tabuleiro, ele também começou a apanhar as pedras pretas e foi colocando no estojo. O mestre não pronunciou nem um comentário a respeito do seu adversário e, como sempre, levantou-se num gesto casual e se retirou. Do mesmo modo, Otake não fez comentário algum. Teria sido diferente se ele tivesse sido derrotado.

Retornei ao meu quarto e, ao olhar pela janela, distraído, avistei Otake no jardim, sentado sozinho num banco afastado. Numa rapidez de passe de mágica, ele trocara suas roupas por um roupão forrado de grossa camada de algodão. Estava com os braços firmemente cruzados, e o rosto pálido e abaixado. Quase ao anoitecer, sob um tempo nublado de entrada de inverno, nesse jardim espaçoso e frio, Otake parecia estar mergulhado em pensamentos.

Abri a porta envidraçada que dava para a varanda e o chamei:

— Senhor Otake! Senhor Otake!

Mas ele apenas me lançou um olhar como se estivesse aborrecido. Decerto estava chorando.

Desviei o olhar e voltei para meu aposento, quando a esposa do mestre chegou para me saudar.

— Agradecemos por ter nos dispensado tantas atenções por todo esse tempo...

Enquanto eu e a senhora trocávamos duas ou três palavras, o vulto de Otake, sétimo dan, desaparecera do jardim. E, mais uma vez, como num passe de mágica, agora vestido com um quimono formal com o brasão tingido em branco, reapareceu acompanhado da esposa. Juntos circularam pelos quartos do mestre e dos assessores e organizadores do jogo para apresentarem os cumprimentos. Vieram também ao meu quarto.

Depois disso, fui até o aposento do mestre para apresentar meus cumprimentos.

3

Logo no dia seguinte ao término da partida, que se estendera por seis meses, os organizadores e assessores regressaram apressados para suas casas. Isso foi no dia anterior à realização de uma viagem experimental de uma nova linha de trem, a linha Itô.

Às vésperas do período das grandes safras da região das termas — antes e depois do Ano-Novo —, a cidade de Itô burburinhava com a chegada do trem, suas avenidas estavam decoradas para a comemoração. Estive recluso na hospedaria junto com os jogadores profissionais de go que estiveram lá "confinados" e, agora, no ônibus de volta à minha cidade, vendo essa decoração, sentia-me liberto, como se tivesse acabado de sair de uma caverna escura.

Nas redondezas da nova estação, vias recém-construídas ainda expunham a cor de terra batida e havia casas em obras feitas às pressas; aos meus olhos, esse caos próprio da área recém-aberta parecia uma mostra da vitalidade do mundo humano.

O ônibus deixara Itô para trás e seguia pela estrada à beira-mar, quando cruzou com um grupo de mulheres carregando nas costas galhos secos que serviriam de lenha. Elas levavam ramos de *urajiro*¹⁶ nas mãos. Era a decoração para o Ano-Novo. Alguns se prenderam nos galhos secos das costas. De repente, senti saudade do calor humano. Era a mesma sensação que nasce no nosso íntimo depois que transpomos as montanhas e vemos a fumaça de um povoado. Em outras palavras, sentia saudade das rotinas da vida cotidiana, como as preparações para a chegada do Ano-Novo. Era como se eu tivesse escapado de um mundo mórbido e distorcido. As mulheres tinham apanhado lenha e estariam voltando a seus lares para jantar. O mar estava com uma claridade opaca e não deixava discernir a posição do sol; era uma cor de inverno, ameaçava escurecer a qualquer momento.

Entretanto, mesmo no ônibus, continuei pensando no mestre Shusai. Talvez eu estivesse sentindo saudade do calor humano por ter sido sensibilizado pela pessoa do idoso mestre.

Somente o idoso casal, o mestre e sua esposa, permaneceu na hospedaria em Itô depois que todas as pessoas ligadas ao jogo de go deixaram o lugar.

Já que o "mestre invencível" foi derrotado no último jogo público de sua vida, ele próprio é quem deveria ter se sentido mais desgostoso em continuar no local onde isso aconteceu; era de se esperar que fosse o primeiro a deixar o lugar o quanto antes, se quisesse se recuperar da fadiga devido a este jogo de go, em que decidira prosseguir apesar da sua enfermidade. O mestre, então, seria um tipo pouco sensível e distraído para esses detalhes? Os organizadores e até eu

---

16. Literalmente "verso branco", planta nativa do Japão (*Gleichenia japonica*), um tipo de samambaia.

mesmo, um espectador apenas, não suportamos continuar por mais tempo naquele local e debandamos como que em fuga; apenas o mestre, derrotado, foi deixado para trás. No entanto, indiferente ao que se passava na imaginação dos outros a respeito dessa realidade deprimente e aborrecedora, estaria o mestre do mesmo jeito de sempre, sentado, com ar alheio e com expressão de quem nada entende? Seu adversário, Otake, sétimo dan, retornou para sua casa logo que terminou o jogo. Ao contrário do mestre, que não tem filhos, ele tem uma família numerosa e animada.

Dois ou três anos depois desse jogo, recebi uma carta da esposa de Otake informando-me de que a família aumentara para dezesseis pessoas. Achei que esse número espantoso se devia ao caráter de Otake, ou talvez ao seu estilo de vida, e tive vontade de lhe fazer uma visita. Mais tarde, quando faleceu o pai de Otake e os membros da família se reduziram para quinze pessoas, fui à sua casa para apresentar minhas condolências. Havia se passado mais de um mês do funeral. Era minha primeira visita. Otake estava ausente, mas a esposa convidou-me à sala de visitas, parecendo sentir muita saudade e estar feliz por me encontrar. Assim que terminamos de trocar cumprimentos, ela foi até a porta.

— Vamos, chame todo mundo — disse ela a alguém.

Ouviram-se passos ruidosos e quatro ou cinco jovens entraram na sala. Postaram-se em fila, como se tomassem posição de sentido, à maneira infantil. Eram discípulos que viviam na casa do professor Otake: o menor, com onze ou doze anos; e o mais velho, talvez chegando a vinte; entre eles havia uma garota alta e robusta, de bochechas vermelhas.

— Cumprimentem o senhor — disse a senhora, apresentando-me.

Os discípulos me saudaram com uma rápida inclinação de cabeça. Senti o calor que impregnava o ambiente da casa. Não era nada intencional, era um lar em que esse tipo de coisas acontecia de forma espontânea. Os garotos se retiraram em seguida, e logo escutei sua algazarra, eles corriam e pulavam no interior da espaçosa casa. A convite da senhora, subi ao andar superior e tive uma aula de go com um dos discípulos internos. Acabei ficando muito mais tempo do que pretendia, pois a esposa me servia, um após outro, pratos de doces e salgados.

O lar de dezesseis pessoas incluía esses discípulos que viviam na casa. Hoje em dia, Otake é o único jovem profissional de go que aceita quatro ou cinco discípulos internos. Isso significa que ele tem grande popularidade e também renda suficiente para seu sustento; todavia, mais do que isso, a razão de ele ter chegado a esse ponto talvez seja a sua forte inclinação para ser um homem apegado à família e um pai extremoso.

Mesmo quando estava confinado na hospedaria, no período em que se realizava o jogo de despedida do mestre, Otake telefonava à esposa no final da tarde, ao término da sessão do dia, após ter retornado a seu aposento.

— Hoje, pedi ao mestre... avançamos até o movimento "número tal".

Era só isso. É óbvio que não cometia a imprudência de relatar a situação do jogo; contudo, sempre que eu escutava essa voz que vinha do aposento de Otake, não podia deixar de sentir simpatia por ele.

4

Na cerimônia de abertura do jogo no Koyokan, em Shiba, houve apenas uma jogada das pedras pretas e uma das brancas; e no dia seguinte só se avançou até o décimo segundo movimento. Daí decidiu-se mudar o local da partida para Hakone. No dia em que o mestre e Otake, sétimo dan, juntamente com os organizadores e assistentes, chegaram ao Taiseikan, em Dogashima, reinava um ambiente tranquilo, pois o jogo estava recém-iniciado e não havia nenhum sinal de desentendimento entre os jogadores. O mestre parecia descontraído, bebericava uma garrafinha de saquê e se entretinha em conversas.

No salão para onde fomos conduzidos provisoriamente havia uma grande mesa, que parecia ser de laca de Tsugaru, e a conversa girou em torno de objetos laqueados. Então, o mestre contou:

— Tempos atrás, vi um tabuleiro de go feito de laca. Não era simples pintura em laca, mas era de laca endurecida desde seu núcleo. Contaram-me que um artesão de Aomori, que era laqueador, decidiu fazer esse tabuleiro por passatempo, o que levou 25 anos. Acredito que tenha levado esse tempo, já que se deve esperar secar a cada demão de pintura de laca e só depois se pode passar a nova camada. Os estojos de pedras e respectivas caixas também eram de laca pura. O autor enviou o tabuleiro para ser exibido numa exposição, com o preço de cinco mil ienes, mas não conseguiu vender; então o levou ao Nihon Ki-in[17] e me pediu que intercedesse para que a associação comprasse por três mil ienes, mas o que eu poderia fazer? Era absurdamente pesado. Tinha treze *kan*[18]; mais pesado do que eu.

Então, olhou Otake e observou:
— O senhor engordou mais, não é?
— Estou com dezesseis *kan*...
— Mesmo? Justo o dobro do meu peso. Mas sua idade não chega nem à metade da minha...
— Cheguei a trinta anos, mestre. Não é bom ter essa idade... Quando eu frequentava sua casa, mestre, para estudar go, eu era magricelo. — Parecia que Otake recordava os dias da sua adolescência. — Na época em que morava em sua casa, adoeci e dei imenso trabalho à sua senhora.

Depois, a conversa girou em torno da estação termal de Shinshu, a terra natal da esposa de Otake, e passaram a falar da sua família. Otake se casara aos 23 anos, época em que era quinto dan. Tinha três filhos. Sua família era composta de dez pessoas, incluindo três discípulos internos.

Contou que a filha mais velha, de seis anos, aprendeu a jogar go sem que alguém lhe tivesse ensinado, imitando o que os mais velhos faziam.

---

17. Associação Japonesa de Go. Ver nota 1.
18. Unidade de peso que equivale a 3,75 quilos.

— Um dia desses joguei com ela, com o handicap em *seimoku*.[19] Guardei o diagrama da evolução do jogo.

— Foi? Em *seimoku*? Isso é admirável — disse o mestre.

— Mesmo a segunda, de quatro anos, entende a situação de *atari*.[20] Ainda não sei se elas têm real talento, mas se há possibilidade de progredir...

As pessoas presentes naquela sala ficaram sem saber o que comentar.

Parecia que, jogando com as menininhas de quatro ou seis anos, Otake, um dos destaques do mundo do go, pensava seriamente em torná-las profissionais desse jogo, como ele próprio, caso elas tivessem talento nato. Acredita-se que o talento para o go costuma se evidenciar nas crianças por volta dos dez anos, e elas devem ser iniciadas nessa idade caso se espere que se tornem jogadores de nível. Apesar disso, pareceram-me estranhas as palavras de Otake. Seria por causa de sua juventude, de ter apenas trinta anos, e que estivesse possuído pelo go, mas não cansado dele[21]? Imaginei que tivesse um lar feliz.

Na ocasião, o mestre contou que estava com vontade de vender sua casa, no distrito de Setagaya, em Tóquio, e se mudar para algum lugar que tivesse um jardim mais espaçoso, pois não se sentia satisfeito com o jardim relativamente pequeno da atual casa, que tinha uma área construída

---

19. *Seimoku* são nove pontos marcados no tabuleiro. Handicap em *seimoku*: o jogador mais fraco coloca as pedras nesses pontos antes de iniciar a partida.
20. Uma situação de *atari* é quando uma pedra fica cercada por todos os lados pelas pedras do adversário, deixando evidente sua captura.
21. Jogo de palavras homófonas "tsukareru", que significam "ser possuído por uma força superior" e "cansado".

de oitenta *tsubo*²², num terreno de 260. Mesmo que quisesse falar de sua família, ele vivia só com a esposa, que o acompanhava também naquele momento. Nessa época, não admitia mais nenhum discípulo interno.

---

22. Unidade de área que equivale a 3,306 metros quadrados.

5

Depois de ficar suspenso por três meses, devido à internação do mestre Shusai no hospital São Lucas, o jogo foi reiniciado na Dankoen, em Itô. No primeiro dia, no entanto, avançaram apenas cinco movimentos: da preta 101 à preta 105. E, antes de se definir o dia do próximo confronto, aconteceu um desentendimento entre as partes. Otake não aceitou a mudança de regra que foi proposta por razões de saúde do mestre, e declarou que abandonaria o jogo. A situação era mais complicada do que um desentendimento similar que acontecera em Hakone.

Enquanto os dias tensos seguiam sem mostrar sinais de solução, tanto os jogadores quanto os organizadores permaneceram confinados na hospedaria. Para se distrair um pouco, um dia o mestre foi passear em Kawana. Era muito raro ele ir a algum lugar, pois não gostava de sair. Além de mim e da esposa do mestre, acompanharam-no um discípulo seu, Murashima, quinto dan, e uma jovem, que era jogadora profissional e encarregada de registrar a evolução do jogo.

Uma vez, no hotel Kawana, nada mais havia para fazer a não ser sentar nas cadeiras modernas e chiques do espaçoso saguão e tomar chá preto; de fato, nada disso se harmonizava com a pessoa do mestre.

Inteiramente envidraçado, o saguão semicircular avançava ao jardim. Seu aspecto lembrava um mirante ou uma sala destinada ao banho de sol. Em cada lado do amplo jardim, avistamos campos de golfe, denominados de rota Fuji e de rota Oshima. Além do jardim e dos campos de golfe, havia o mar.

Eu gostava da luminosidade e amplitude das paisagens do Kawana e nutria esperança de que isso agradasse o mestre de ar sombrio; e ficava observando sua reação. No entanto, ele se conservava alheio a tudo e não parecia observar a paisagem. Nem dirigia o olhar para os hóspedes que circulavam perto de nós. Como o mestre mantinha o semblante inexpressivo e não pronunciava uma única palavra sobre o hotel ou a vista circundante, a esposa, como sempre, para amenizar a situação constrangedora, elogiou a paisagem de modo efusivo e exigiu a concordância do marido. O mestre não assentiu nem discordou.

Desejoso de ver o mestre na claridade da luz ao ar livre, convidei-o para irmos ao jardim.

— Vamos, meu bem, vamos para fora. Não haverá problemas, o dia está quente. — A esposa persuadiu o marido, tomando meu partido. — Estou certo de que vai se sentir com a alma lavada.

O mestre não se mostrou incomodado.

O dia era quente e agradável como um dia de primavera; e no mar distante se avistava, de forma indistinta, a ilha de Oshima. No céu, sobre o mar plácido e aquecido, circulavam alguns milhafres. A fileira de pinheiros na beira do gramado emoldurava o contorno da praia. Ao longo dessa linha entre o gramado e o mar, avistavam-se, pontilhados, vários casais em lua de mel. Talvez por estarem integrados nessa ampla e luminosa paisagem, os casais não pareciam ter um ar desajeitado, comum em jovens em lua de mel. Os quimonos das noivas se destacavam das cores do mar e dos pinheiros; mesmo observando de longe, eu sentia o frescor da felicidade que emanavam, como se estivesse próximo a eles. Esses que estavam ali eram provenientes de famílias abastadas.

— Na certa estão todos em lua de mel — disse ao mestre, sentindo certa inveja semelhante ao ressentimento.

— Devem estar entediados — murmurou.

Esse comentário, dito com ar inexpressivo, mais tarde me voltou muitas vezes à memória.

Minha vontade era caminhar pelo gramado, sentar na grama; mas, como o mestre se mantinha parado no mesmo lugar, eu tive de continuar a seu lado.

No caminho de retorno à hospedaria, desviamos da rota para visitar o lago Ippekiko. Apesar de pequeno, era inesperadamente belo, mergulhado em profunda solidão na tarde do outono avançado. O mestre também saiu do carro e apreciou a vista por um instante.

Como o ambiente radiante do hotel Kawana me deixou uma ótima impressão, decidi voltar na manhã seguinte, dessa vez levando Otake. Tinha a secreta intenção de tentar abrandar seu coração endurecido e agravado pela situação complicada. Convidei também Yawata, secretário do Nihon Ki-in, e o repórter Sunada, do *Diário de Tóquio*. Para o almoço, preparamos *sukiyaki* numa cabana de estilo camponês no jardim do hotel, e ficamos entretidos até o anoitecer. Eu conhecia bem o hotel por ter vindo antes, a convite de Kishichiro Okura[23], com um grupo de artistas de dança clássica japonesa, e também por conta própria.

O conflito entre as partes continuou mesmo depois dos passeios no Kawana; tanto que até eu, que não passava de simples observador, tive que interceder junto aos mestres Hon'inbo e Otake, sétimo dan. O jogo foi retomado finalmente em 25 de novembro.

Além do grande braseiro de palóvnia colocado ao seu lado, o mestre precisou de mais um braseiro oblongo, nos quais sempre mantinham água fervendo, para aquecer suas costas. Aceitando a gentileza de Otake, o mestre permaneceu com um cachecol ao redor do pescoço e uma roupa quente — um modelo que mais se parecia com um *hifu*[24] —, feita de um tecido grosso semelhante a um cobertor, tricotada e forrada de lã. Nos seus aposentos, ele não se separava desse traje protetor. Naquele dia ele estava um pouco febril.

— Quanto é sua temperatura normal? — perguntou Otake, depois de se acomodar diante do tabuleiro.

— Bem... Deve ser 35,7 ou 35,8, ou talvez 35,9 graus Celsius. Entre esses valores. Não chega a 36 graus — respondeu o mestre em voz baixa, como se estivesse saboreando alguma coisa.

---

23. Kishichiro Okura (1882-1963), ex-barão, filho do fundador do clã Okura. Foi renomado protetor das artes tradicionais e modernas, inclusive do go. Entre outros cargos públicos, foi presidente do Nihon Ki-in. Também construiu vários hotéis de luxo, inclusive o hotel Okura e o hotel Kawana.
24. Tipo de casaco para quimono que serve também como guarda-pó.

Numa outra ocasião, quando indagado sobre sua estatura, explicou:

— Quando fui me apresentar aos exames para alistamento militar, eu tinha quatro *shaku*[25], nove *sun*[26] e nove décimos, mas depois cresci três décimos e passei a ter cinco *shaku* e dois décimos de *sun*. Com a idade, acabei encolhendo e hoje tenho exatos cinco *shaku*.

Quando ele adoeceu em Hakone, o médico que o examinou comentou:

— Tem corpo de um menino mal desenvolvido. Não tem quase nada de carne na barriga das pernas. Com uma constituição dessas não terá força suficiente para transportar o próprio corpo. Como não posso ministrar a quantidade normal de medicamento, irei prescrever as porções indicadas para um garoto de treze ou quatorze anos.

---

25. Unidade de comprimento que equivale a 30,3 centímetros.
26. Um décimo de *shaku*.

6

Sentado diante do tabuleiro de go, o mestre parecia um homem maior do que era na realidade. Sem dúvida, isto se devia à força e ao prestígio de sua arte, algo que adquirira através de longos anos de treino e disciplina; porém, ele tinha um tronco comprido para uma estatura de apenas cinco *shaku*. Seu rosto também era grande e um pouquinho alongado, e igualmente grandes eram o nariz, a boca e as orelhas. Chamava atenção o queixo bem desenvolvido. Essas particularidades se destacam também nas fotografias que tirei do rosto do falecido.

Esperei as fotografias que mandara revelar apreensivo com o resultado, pensando como teria ficado o rosto do falecido. Há anos que confio os serviços de revelação e impressão de minhas fotos ao estúdio de Nonomiya, no bairro Kudan. Quando entreguei o filme, expliquei as circunstâncias em que fotografara o rosto do finado mestre e pedi especial cuidado no trabalho.

Após o Festival Koyo, passei na minha casa e, em seguida, retornei a Atami. Dei à minha esposa rigorosas instruções para que, quando as fotografias fossem entregues, ela as encaminhasse imediatamente à hospedaria Juraku;

recomendei também que em nenhuma hipótese ela olhasse as fotos, nem as mostrasse a pessoa alguma. Era possível que meu trabalho amador tivesse desfigurado ou desvalido o rosto do finado, e, caso fossem vistas por outras pessoas e o comentário a esse respeito se espalhasse, poderia prejudicar a memória do mestre. Eu pretendia destruir as fotos sem mostrá-las à viúva e aos discípulos se elas não tivessem alcançado bom resultado. Poderia não ter saído foto alguma, já que minha câmara fotográfica apresentava defeito no obturador.

Recebi um telefonema da minha esposa quando estava almoçando no Bushoan do *baien* com os convidados do Festival Koyo, beliscando *sukiyaki* de peru. Ela me transmitiu o desejo da família do falecido de que eu fotografasse o rosto do mestre. Naquela manhã, após ter ido prestar homenagem ao finado e retornado à hospedaria, ocorreu-me a ideia de que, se a família quisesse fazer uma máscara mortuária ou ter os últimos retratos do mestre, eu poderia fotografá-lo. Instruí minha esposa, que estava indo apresentar as condolências, que transmitisse um recado nesse sentido. A viúva disse que não queria máscara mortuária, mas pediu-me que o fotografasse.

Contudo, quando iniciei a tarefa, senti que estava totalmente inseguro, sentindo o peso da responsabilidade. Ainda por cima, eu poderia fracassar devido ao obturador da minha câmera, que às vezes trancava no momento de ser acionado. Por sorte, havia no Bushoan um fotógrafo convidado de Tóquio para cobrir o Festival Koyo, e lhe pedi que fotografasse o finado mestre. Ele aceitou com prazer. Mas levar um fotógrafo sem nenhuma ligação com o mestre em vida talvez não agradasse a viúva, embora seja óbvio que as fotos sairiam melhor do que se fossem tiradas por mim. Porém, os organizadores disseram que eu não poderia usar os serviços desse fotógrafo, pois este fora contratado exclusivamente para o festival. Eles tinham toda razão. Desde aquela manhã, vinha notando que a forte emoção suscitada pela morte do mestre era só minha; sentia-me deslocado entre as pessoas do Festival Koyo. Mostrei minha câmera ao fotógrafo, apontando o defeito do obturador. Ele disse que eu devia manter a válvula aberta e usar a palma da mão no lugar do obturador; e colocou, para mim, um novo filme na máquina. Chamei um táxi e fui para a Urokoya.

O aposento onde deitaram o mestre estava com o *amado*[27] fechado e a luz elétrica acesa. A viúva e seu irmão mais moço me acompanharam.

— Não está escuro demais? Quer que eu abra o *amado*? — perguntou o irmão.

Talvez eu tenha batido umas dez fotos. Acionei o obturador rezando para que não trancasse. Segui a orientação do fotógrafo e usei a palma da mão como obturador. Tinha vontade de retratá-lo de diferentes ângulos e lados, mas continuei sentado no mesmo lugar, pois o sentimento de veneração ao morto me impedia de me mover ao seu redor, de modo desrespeitoso, ora me levantando, ora me sentando.

As fotos foram enviadas pela minha esposa, que estava na nossa casa em Kamakura. No verso do envelope do Nonomiya, ela escreveu: "Acabaram de chegar do Nonomiya. Não

---

27. Portas corrediças externas de folhas de madeira, que ocupam todo um lado das edificações em estilo japonês. Geralmente são fechados somente à noite.

olhei o conteúdo. O escritório do santuário lhe pede que compareça às cinco da tarde do dia 4 para o ritual."

Aproximava-se o dia do ritual de *setsubun*[28] do santuário xintoísta Tsurugaoka Hachiman, em Kamakura, em que os escritores residentes nessa cidade que tivessem nascido sob o signo do atual ano do horóscopo chinês tomavam parte para atirarem grãos de soja.

Assim que retirei as fotografias do envelope e olhei para elas, um suspiro escapou dos meus lábios; senti-me fascinado pela face morta. Tinham ficado ótimas. O mestre parecia estar com vida e adormecido; ao mesmo tempo, uma quietude de morte pairava sobre ele.

Eu fotografara sentado ao lado do flanco do mestre, que estava deitado de costas, via o perfil de um ângulo ligeiramente de baixo para cima e um pouco enviesado. O travesseiro fora retirado porque se tratava de um morto, e sua cabeça ficara meio jogada para trás; com isso, os maxilares bem salientes e a boca larga, um pouco aberta, ficaram ainda mais evidentes. O nariz vigoroso parecia assustadoramente grande. Uma profunda melancolia se espalhava das rugas das pálpebras cerradas até a fronte, que estava coberta por uma sombra espessa.

A claridade da janela meio aberta entrava do lado dos pés, e a lâmpada elétrica do teto também iluminava o rosto de baixo para cima; como sua cabeça estava inclinada para trás, tudo isso sombreava sua fronte. A luz incidia do queixo para as faces e na região elevada da parte superior do nariz

---

28. Evento do ritual xintoísta de *setsubun* em que se atiram grãos de soja torrada, a fim de livrar-se dos espíritos malignos e ter boa sorte.

onde se encontram o sobrolho e as pálpebras afundadas. Analisando com maior atenção, notava-se que o lábio inferior ficara sombreado, enquanto o superior recebia luz, e entre as duas partes, na sombra mais densa, brilhava um dente superior. Pude discernir fios brancos misturados no seu curto bigode. No fundo das fotos apareciam os contornos de duas grandes verrugas na face direita. Viam-se também as veias sobressalentes e as sombras entre a testa e as têmporas. Algumas rugas compridas riscavam a testa escurecida. Um facho de luz batia nos cabelos curtos, de corte reto no alto. O mestre tinha cabelos de fios grossos.

7

Na face direita, havia duas grandes verrugas, e um fio longo da sobrancelha também ficou bem visível. A extremidade do fio descrevia um arco sobre a pálpebra e chegava a tocar a linha do olho cerrado. Por que saiu assim tão comprido na fotografia? Contudo, o fio longo e as grandes verrugas pareciam dar um amável toque ao semblante do morto.

Entretanto, havia uma razão pela qual esse longo fio da sobrancelha me suscitasse uma tristeza. Dois dias antes da sua morte, no dia 16 de janeiro, eu e minha esposa visitáramos o mestre na hospedaria Urokoya.

— Ah, por falar nisso, pretendíamos contar-lhe assim que o encontrássemos. Meu bem, é sobre as sobrancelhas... — disse a esposa do mestre, lançando um rápido olhar convidativo ao marido, e, virando-se para mim, prosseguiu: — Se não me engano, foi no dia 12. Fez um dia um pouco quente, não foi? Achamos que, antes de ir para Atami, seria bom que ele fizesse a barba para se sentir limpo e refrescado. Chamamos então o barbeiro que costuma atendê-lo. Os dois se instalaram na varanda ensolarada. Quando o barbeiro fazia a barba com a navalha, meu marido pareceu se lembrar de algo e, de repente, lhe disse: "Está vendo um fio bem comprido na sobrancelha esquerda? Dizem que esse fio longo é sinal de longevidade, por isso cuide bem dele, cuidado para não cortá--lo." O barbeiro respondeu "Sim, senhor" e, descansando as mãos, continuou: "Ah, tem. Tem, sim. É isto, não é, doutor? É o fio de sorte na sobrancelha. Vai gozar de longa vida, sem dúvida; cuidarei bem dele, sim, senhor!". Aí meu marido se voltou para mim e disse: "O senhor Uragami se referiu a esse fio da minha sobrancelha naquela matéria sobre o jogo que ele escreveu no jornal. Realmente, ele observa os mínimos detalhes. Eu mesmo nunca tinha me dado conta até ler aquele artigo." Ele parecia estar mesmo bastante impressionado.

Como de costume, o mestre se mantinha calado, mas por um instante uma vacilação cruzou sua face como se captasse a sombra de uma ave passando. Fiquei um tanto embaraçado.

No entanto, eu não imaginava que ele viesse a falecer apenas dois dias depois do episódio do fio longo da sobrancelha, um sinal de longevidade, que o mestre não deixara o barbeiro cortar.

É verdade que não é nada interessante escrever sobre um fio longo da sobrancelha de um idoso; porém, naquela ocasião, o ambiente do jogo não estava nada bom e até um fio de sobrancelha me proporcionava um alívio considerável. Mas escrevi uma reportagem sobre o jogo daquele dia, na hospedaria Naraya, em Hakone:

> A esposa do Hon'inbo permanece hospedada aqui, a fim de cuidar do idoso mestre. Já a senhora Otake, mãe de três crianças, sendo a mais velha com seis anos, vai e volta todos os dias entre Hiratsuka e Hakone. O esgotamento das duas senhoras chega a causar dor na alma. No dia 10 de agosto, o dia do

segundo reinício da partida, ambas as senhoras estavam sem um traço de cor de sangue no rosto, e as fisionomias exauridas não pareciam ser das mesmas pessoas.

A esposa do mestre nunca ficava nas proximidades durante a partida, mas excepcionalmente nesse dia ela se sentou na sala contígua e manteve o olhar fixo no marido. Não estava olhando o jogo. Ela não conseguia tirar os olhos do seu marido enfermo.

Por sua vez, a senhora Otake também nunca vem à sala do jogo, mas hoje parecia não conseguir permanecer sentada e andava pelo corredor, parando de tempos em tempos. Por fim, não suportando mais a espera, entrou na sala dos organizadores.

— Otake ainda continua em reflexão?

— Sim. É um lance bastante difícil.

— Mesmo que precise refletir, se tivesse dormido ontem à noite seria muito mais fácil...

Pensando se deveria ou não continuar a jogar com o mestre enfermo, Otake se angustiava de maneira obstinada e não pregara os olhos um minuto sequer na noite anterior, assim enfrentando a partida desta manhã. Era o turno das pedras pretas quando chegou meio-dia e meia, a hora combinada para a interrupção da sessão; mas, decorrida quase uma hora, ele ainda não havia decidido a jogada de fechamento para a suspensão do jogo. Nem se podia pensar no almoço. Era compreensível que a esposa não conseguisse ficar sossegada em seu aposento. Ela também passara a noite sem pregar os olhos.

A única pessoa transbordante de alegria nesse meio era Otake Júnior. Era de fato um esplêndido bebê de oito meses. Cheguei a pensar que, se alguém questionasse a natureza e o espírito de Otake, sétimo dan, poder-se-ia mostrar-lhe esse bebê. Era uma criança magnífica, como se simbolizasse a grandiosa alma de Otake. Nesse dia em que me era penoso ver um adulto, qualquer que fosse, a visão desse bebê Momotaro[29] me deixava aliviado.

Nesse dia, descobri um fio branco de quase um *sun* numa das sobrancelhas do Mestre Hon'inbo. O longo fio — no rosto de pálpebras inchadas e de veias azuis dilatadas — também me proporcionou alívio.

Era verdade que um ar de tensão diabólica reinava na sala onde acontecia a partida; em certo momento, saí ao corredor externo à sala do jogo e fiquei olhando distraído para baixo, para o jardim iluminado pelo forte sol, quando notei uma jovem senhorita de ar moderno atirando inocentemente bolinhos de farelo às carpas do pequeno lago. Tive a sensação de ver algo estranho, pois era difícil acreditar que fosse um cenário do mundo real.

Ambas as senhoras, do mestre e de Otake, estavam com a tez desbotada e ressequida. Quando reiniciou a sessão, a esposa do mestre deixou a sala como sempre, mas hoje ela retornou em seguida e sentou-se na sala contígua, de onde ficou observando com atenção o marido. Onoda, sexto dan, mantinha os olhos cerrados e a cabeça inclinada para frente. A expressão do escritor Shofu Muramatsu[30], que veio assistir ao jogo, exprimia compaixão. O próprio Otake, sempre tagarela,

---

29. Herói de uma história infantil que derrotou ogros da ilha Onigashima que atemorizavam os habitantes da região. Nasceu de um *momo* (pêssego), e foi uma criança rechonchuda e forte.
30. Shofu Muramatsu (1889-1961). Romancista.

permanecia mudo e parecia não ter coragem de encarar o mestre, seu oponente.

O mestre abriu o *fujite*[31] com a branca 90 e, inclinando várias vezes a cabeça para a direita e a esquerda, jogou a branca 92, cortando a fileira das pedras pretas em diagonal. Mas precisou de um longo tempo de reflexão para decidir a branca 94 — uma hora e nove minutos, durante a qual ora fechava os olhos, ora lançava o olhar para os lados, e, por vezes, abaixava a cabeça como se suportasse uma náusea; era visível que ele sofria. Na sua figura não se via a imponência de sempre. Talvez porque eu o visse contra a luz, seu semblante angustiado e de contorno indistinto se assemelhava a uma alma do outro mundo. O silêncio da sala do jogo era diferente daquela quietude dos outros dias. Prosseguiram as jogadas 95, 96 e 97; e os sons de pedras batendo no tabuleiro eram assustadores, como se ecoas sem num vale vazio.

No movimento da branca 98, o mestre mergulhou em reflexão por mais de meia hora. Com a boca um pouco aberta e pestanejando, agitava o leque como se quisesse revigorar as chamas do fundo da sua alma. "Que necessidade tinha ele de jogar go suportando todas essas provações?", eu me perguntava.

Nesse momento, Yasunaga, quarto dan, entrou na sala do jogo e sentou-se junto ao limiar da porta, postando as mãos nos tatames, e se inclinou em profunda reverência. Chegava a ser uma veneração piedosa. Os dois jogadores não notaram sua presença. Assim, toda vez que o mestre ou Otake pareciam voltar-se para seu lado, Yasunaga se inclinava de novo com todo respeito.

---

31. No go, "jogo selado". Última jogada da sessão do dia, que só será conhecida no início da sessão seguinte.

De fato, adorá-los teria sido a única atitude que convinha àquela cena. O jogo era um embate feroz de poderosas deidades.

Logo após a jogada da branca 98, o jovem encarregado dos registros anunciou que era meio-dia e 29 minutos. E trinta minutos depois seria a hora combinada para o *fujite*.

— Mestre, se está cansado, pode repousar na outra sala... — sugeriu Onoda.

— Por favor, descanse o tempo que quiser... — disse também Otake, que retornou do banheiro. — Eu pensarei sozinho e fecharei minha jogada. Prometo que não pedirei a opinião de ninguém.

Com isso todos da sala riram pela primeira vez nessa manhã.

Foi por consideração ao mestre, por achar demasiado desgastante para ele permanecer sentado diante do tabuleiro. Restava apenas a Otake definir o *fujite* da preta 99, e não havia real necessidade da presença do mestre. Inclinando a cabeça para o lado e pensando um pouco se deveria ou não levantar e deixar o recinto, o mestre murmurou:

— Esperarei mais um pouco...

Entretanto, não demorou muito e se levantou para ir ao banheiro; ao retornar, foi ter com Shofu Muramatsu e conversaram na sala ao lado. Fora do tabuleiro, parecia readquirir seu vigor.

Deixado só, Otake permaneceu com os olhos fixos no desenho das pedras brancas do canto direito inferior por uma hora e treze minutos, quando enfim decidiu fazer um *nozoki*[32]

---

32. "Espia" ou "espiar"; a pedra é colocada com a intenção de "cortar" ou romper, na jogada seguinte, a fileira das pedras do adversário.

com a preta 99 no centro do tabuleiro. Já passava de uma da tarde.

Pela manhã, o organizador consultara o mestre sobre sua preferência quanto ao local do jogo, na nova ala ou no segundo andar do pavilhão principal.

— Como eu não posso mais caminhar pelo jardim, prefiro o pavilhão principal. Mas, no outro dia, o senhor Otake se queixou que o barulho da cascata era alto demais, então pergunte a ele. Eu aceito o local que o senhor Otake escolher — respondeu o mestre.

8

Na minha reportagem, eu havia escrito que era um fio branco da sobrancelha esquerda. No entanto, nas fotos do falecido, os fios da sobrancelha direita estavam compridos. Era impossível que tivessem crescido de repente após sua morte. Teria o mestre sobrancelhas com fios tão longos? Até parecia que houvessem ficado exagerados nas fotos, mas elas devem ter retratado a realidade.

Eu não precisava ter me preocupado tanto com o resultado das fotografias. Minha câmera Contax com lente Sonner 1,5 dispensou minha técnica e cuidados; a lente trabalhou por si e alcançou o resultado de que era capaz. Para uma lente não há distinção entre o vivo, o morto, a pessoa ou o objeto. Não há sentimentalismo nem reverência. De certo, consegui os resultados satisfatórios com a Sonner 1,5 porque não errei muito no seu manuseio. Apesar de serem fotografias de um morto, denotavam riqueza e suavidade, devido, talvez, à característica da lente.

Todavia, o que sensibilizou meu coração foi um sentimento que vinha das fotografias. Talvez houvesse isso no semblante do mestre morto que estava sendo fotografado? Era verdade que havia sentimento no rosto do falecido, e, no entanto, um morto já não possui mais sentimentos. Pensando assim, parecia-me que as fotos não retratavam nem a vida nem a morte. Seu rosto havia ficado como se ele estivesse vivo e adormecido. Mas não nesse sentido, pois, mesmo que eu contemplasse essas fotos como as de um rosto de um morto, parecia haver algo que não era nem vida nem morte. Seria porque fora retratado com semblante idêntico ao de quando estava vivo? Seria porque esse rosto trazia muitas recordações do mestre do tempo em que ele estava vivo? Ou então por não se tratar do rosto real do morto, mas de seu retrato? Era curioso também que eu pudesse analisar com maior nitidez e detalhes as fotos do que o rosto real do morto. Essas fotos pareciam-me simbolizar algum segredo que não podia ser perscrutado.

Mais tarde, eu me arrependi de ter fotografado o rosto do falecido. Havia sido uma atitude leviana. Não havia razão para preservar em fotografias o rosto de um morto. Contudo, era verdade também que essas fotos me contavam a vida extraordinária do mestre.

Não foi um belo homem, tampouco tinha semblante nobre. Pelo contrário, suas feições eram vulgares e tinham traços pobres. Nem um traço do seu rosto era bem formado. Por exemplo, o lóbulo das orelhas parecia ter sido esmagado. A boca era enorme, e os olhos não eram grandes. Através dos longos anos de disciplina em sua arte, o mestre transformava tudo isso em algo nobre, e quando sentava diante do tabuleiro sua figura crescia e dominava o ambiente; até nos retratos póstumos pairava a fragrância da sua alma. Havia uma profunda melancolia na linha das pálpebras fechadas, como se ele estivesse vivo e adormecido.

Agora, deslocando o olhar em direção ao peito do falecido, parecia que se espetara a cabeça de um boneco no quimono com uma estampa de padrão sextavado como a da carapaça de uma tartaruga. O quimono de *kasuri*[33] de Oshima, que vestia o mestre depois de sua morte, não se ajustava direito nele, e as extremidades das mangas junto ao ombro estavam elevadas. Apesar disso, eu podia imaginar seu corpo, que era como se não existisse abaixo de seu peito. Referindo-se às pernas e quadris do mestre, o médico dissera em Hakone: "Daquele jeito, não terá forças para carregar o próprio corpo." Quando o corpo do mestre foi retirado da Urokoya e colocado no carro, parecia que não tinha nada abaixo do seu pescoço. A primeira coisa que notei, como repórter do jogo de go, foi a magreza dos pequenos joelhos do mestre, sentado nos tatames. As fotos do morto também só mostravam o rosto. Eram aterradoras, como se fosse uma cabeça solta a rolar. As fotos pareciam irreais, talvez por ser o rosto de uma pessoa que chegara a um final trágico após dedicar toda sua vida a uma única arte, mas que perdera muito da parte valiosa da realidade. Sem querer, eu havia registrado em fotos o rosto de uma pessoa destinada ao martírio. Da mesma forma que a arte do mestre Shusai terminara no jogo da sua despedida, a vida do mestre havia chegado ao fim.

---

33. Técnica de tingimento em que os fios são tingidos antes de serem tecidos, originando uma estampa de contornos indefinidos.

9

De certo, a cerimônia de abertura deste jogo de despedida do mestre deve ter sido improcedente. Houve apenas um lance das pretas e um das brancas, e depois se passou para o banquete.

No dia 26 de junho de 1938, apesar de ser estação das chuvas e de chover todos os dias quase sem parar, o sol surgiu e finas nuvens de verão flutuavam no céu. Os verdes do jardim da hospedaria Koyokan, no parque Shiba, foram lavados pela chuva, e a forte luz do sol cintilava nas folhas de bambus, que cresciam esparsos.

Diante do *tokonoma*[34], no salão do andar térreo, sentaram-se lado a lado o Mestre Hon'inbo Shusai e seu desafiante, Otake, sétimo dan; à esquerda do mestre, encontravam-se o décimo terceiro mestre de *shogi*, Sekine, o mestre Kimura e o mestre de *renju*[35] Takagi. Isto é, quatro mestres se sentaram lado a lado. Os mestres de *shogi* e *renju* vieram assistir ao

---

34. Recanto nobre do quarto de residências em estilo tradicional, onde se colocam obras de arte ou arranjos florais.
35. As regras de *renju* são bastante complexas. Usando as pedras de go e um tabuleiro de 15x15 linhas, seu objetivo básico é dispor cinco pedras justapostas em linha.

jogo de go, a empresa do jornal patrocinador os convidara. Eu estava ao lado do mestre Takagi, na qualidade de repórter oficial do jogo. À direita de Otake, sétimo dan, encontravam-se o redator-chefe e o diretor do jornal patrocinador, o curador e o conselheiro do Nihon Ki-in, três decanos que detinham o sétimo dan, Onoda, sexto dan, na qualidade de árbitro, e os discípulos do Mestre Hon'inbo.

Após avaliar a solenidade do ambiente e a disposição dos presentes, vestidos a rigor em quimono formal com o brasão da família, o redator-chefe tomou a palavra, iniciando a cerimônia de abertura do jogo. Depois, enquanto o tabuleiro era instalado no centro do salão, as pessoas presentes continham a respiração. O mestre, calmamente, já assumia a postura costumeira de quando se sentava ao tabuleiro para jogar, deixando cair o ombro direito. Que impressionante a magreza de seus pequenos joelhos! Seu leque parecia enorme. Otake, sétimo dan, cerrou os olhos, balançando a cabeça para frente e para trás, para a direita e a esquerda.

O mestre se ergueu. Segurando o leque, era a imagem de um ancião guerreiro que carrega sua adaga. Sentou-se diante do tabuleiro. Introduziu os dedos da mão esquerda na abertura do seu *hakama*[36], fechou de leve o punho da direita e ergueu o queixo para frente. Otake, sétimo dan, também se sentou em seu lugar. Fez uma mesura ao mestre, pegou o estojo de pedras pretas, que estava sobre o tabuleiro, e o pôs do seu lado direito. Inclinou-se mais uma vez e fechou os olhos. Depois, ficou imóvel.

---

36. Calças largas e pregueadas de traje típico japonês.

— Vamos começar — urgiu o mestre. Falou baixo, mas veemente. Parecia dizer "por que a demora?".

Teria ele interpretado como se fosse uma atitude teatral de Otake, ou seria uma mostra do entusiasmo do espírito combativo do mestre? Calmamente, o sétimo dan abriu os olhos, mas voltou a fechá-los. Otake devia estar tentando acalmar o espírito, já que cerrava os olhos e concentrava-se em meditação. Na manhã antes da sessão, eu o observara lendo o *Sutra do Lótus*[37] na hospedaria de Itô. Mal tive tempo de pensar isso e ressoou alto o som da pedra no tabuleiro. Eram onze horas e quarenta minutos da manhã.

Otake adotaria o *fuseki*[38] convencional ou novo, o *hoshi*[39] ou o *komoku*[40]? Faria uma ofensiva em estilo moderno ou convencional? Sua estratégia inicial era o centro das atenções de todo o Japão. A primeira jogada das pedras pretas foi no canto superior direito, na posição 17-4, um *komoku* do *fuseki* convencional. Com isso, um dos grandes enigmas desse jogo fora esclarecido.

Ante esse *komoku*, o mestre, de dedos cruzados sobre os joelhos, manteve o olhar fixo no tabuleiro. Banhado em intensa iluminação, devido às numerosas câmeras fotográficas dos jornais e filmadoras para o noticiário cinematográfico, o mestre tinha a boca firmemente fechada, a ponto de

---

37. No original, *Hokkekyo. Saddharma Pundarika Sutra*.
38. No go, estratégia inicial de jogo, que consiste em espalhar as pedras no tabuleiro, de modo a ir cercando seu território.
39. Há nove pontos marcados ou *hoshi* (estrela) no tabuleiro oficial de 19x19 linhas: nos cruzamentos da quarta linha, contada de fora para dentro, e na posição central.
40. Há oito locais no tabuleiro, nos cruzamentos da terceira e quarta linhas, contadas de fora para dentro.

os lábios se projetarem para fora; parecia não tomar conhecimento da presença das pessoas que o cercavam. Era a terceira vez que eu assistia a uma partida de go do mestre; e, sempre que ele se sentava diante do tabuleiro, eu sentia como se um aroma sereno se emanasse e se espalhasse, tornando o ambiente transparente e refrescado.

Decorridos cinco minutos, o mestre preparou-se, por descuido, para colocar uma pedra, esquecendo-se de que era a vez da jogada de suspensão.

— O *fujite* está decidido — disse Otake, no lugar do mestre, e lhe dirigiu a palavra: — Mestre, quando não podemos jogar no tabuleiro não nos sentimos satisfeitos, não é?

Conduzido pelo secretário do Nihon Ki-in, o mestre se retirou sozinho para a sala contígua. Fechou-se o *fusuma*[41] que a separava do salão, e então o mestre escreveu o movimento da branca 2 no diagrama, o qual ele colocou num envelope. Não poderia ser visto por ninguém mais, senão deixaria de ser um *fujite*.

— Não temos água — observou o mestre ao retornar ao seu assento diante do tabuleiro. Molhou dois dedos com saliva e lacrou o envelope. Em seguida, assinou sobre o lacre. Otake, sétimo dan, assinou na parte inferior desse lacre. Um dos organizadores do evento guardou o envelope num outro maior, lacrou-o e assinou sobre o lacre. E então o envelope foi guardado no cofre da Koyokan.

Estava terminada a cerimônia de abertura do jogo.

---

41. Portas de correr forradas de papel resistente, que servem para separar os aposentos.

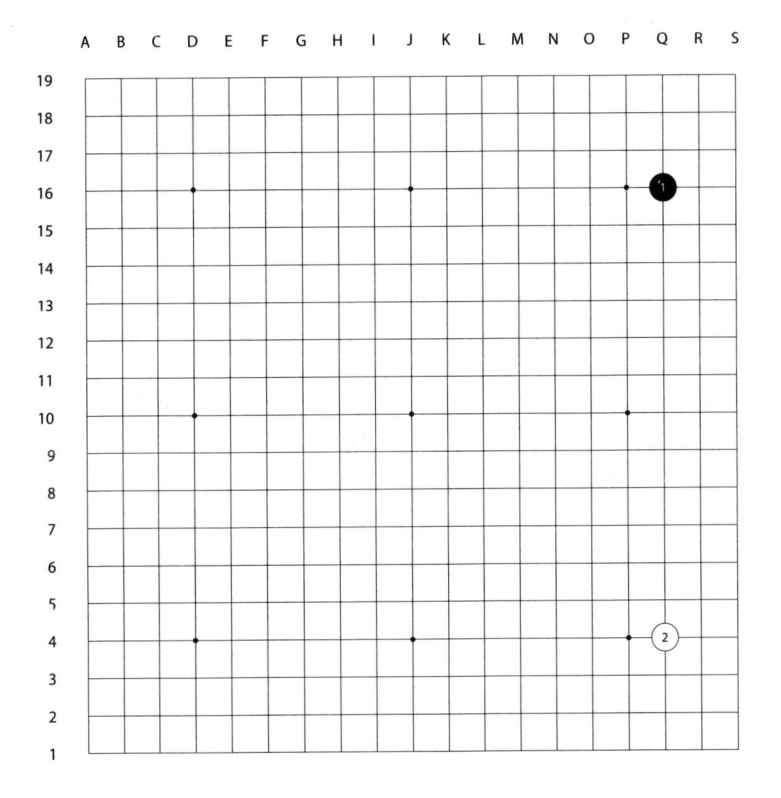

Os dois jogadores voltaram a ocupar seus lugares junto ao tabuleiro para que o fotógrafo Ihei Kimura tirasse algumas fotos, que seriam exibidas no exterior. Só depois todos se descontraíram. Os decanos com sétimo dan e os demais se aproximaram do tabuleiro para apreciá-lo; discutiam, avaliando se a espessura das pedras brancas teria três *bu*[42] e seis décimos, ou oito décimos, ou ainda nove décimos, quando o mestre de *shogi* Kimura os interrompeu:

---

42. Décima parte de um *sun*, que equivale a 30,3 centímetros.

— Estas são pedras de alta qualidade? Deem-me licença para tocá-las?

Apanhou um punhado de pedras e as colocou na palma da mão. Vários tabuleiros, que eram o orgulho de seus proprietários, tinham sido trazidos para esta ocasião, pois se fossem usados em um importante jogo como esse, nem que fosse para um único lance, seria de grande honra para o tabuleiro e seu dono.

Após um intervalo para descanso, começou o banquete comemorativo.

Os três mestres que participaram dessa cerimônia de abertura tinham as seguintes idades: mestre Kimura, 34 anos; o décimo terceiro mestre, Sekine, 71; e o mestre de *renju* Takagi, 51 — todas em contagem antiga.

10

Nascido em 1874, o Mestre Hon'inbo acabara de completar 65 anos havia dois ou três dias, e comemorara a data apenas no círculo familiar, em vista dos tempos do Incidente[43] com a China.

— Quem nasceu primeiro, eu ou a Koyokan? — perguntou-me no segundo dia, antes do jogo, referindo-se à idade da Koyokan. Contou ainda que renomados jogadores da Era Meiji[44], como Shuho Murase, oitavo dan, e Mestre Hon'inbo Shuei jogaram nessa casa.

A sala escolhida para o segundo dia da partida era no andar superior, impregnado da velha moda da Era Meiji. Desde os *fusuma* até os espaços decorativos sobre os mesmos eram esculpidos em madeira com motivos de folhas no bordo de cores outonais, e também o biombo dourado disposto no canto da sala trazia uma pintura no bordo vermelho e vistoso em estilo Korin.[45] No espaço do *tokonoma*, havia um vaso com dálias e folhas de arália. Por ser um

---

43. Guerra China-Japão, que se iniciou em 1937.
44. Período do reinado do imperador Meiji (1868-1912).
45. Ogata Korin (1658-1719), artista plástica que fundou a escola Korin. Criou um estilo original e ao mesmo tempo luxuoso, com uso de ouro

amplo salão preparado, retirando-se os *fusuma* que dividiam as salas de dezoito e quinze tatames, o arranjo de flores e folhas graúdas não causava incômodo à vista. As dálias começavam a murchar um pouco. Não havia movimento de entrada ou saída de pessoas, salvo uma menina com um grampo decorado com flores no cabelo penteado a modo de *chigo*[46], que de tempos em tempos vinha servir um novo chá. O movimento sereno do leque branco do mestre refletia na bandeja de laca preta, onde havia sido colocado o gelo. Eu era o único que assistia ao jogo.

Otake, sétimo dan, vestia um quimono preto e sem forro de fina seda *habutae* de textura delicada, sobre o qual usava um *haori*[47] formal de gaze de seda com brasão em branco, enquanto o mestre, um pouco mais descontraído, vestia um *haori* com brasão bordado. O tabuleiro não era o que fora usado na véspera.

No primeiro dia, houvera apenas um lance de cada jogador, pois era, por assim dizer, uma formalidade do festejo, mas a verdadeira luta começava nesse segundo dia. Enquanto deliberava sobre a preta 3, Otake não sossegava; ora estalava o leque, ora apertava as mãos atrás das costas, punha o leque em pé sobre o joelho, que servia de suporte ao cotovelo da mão que apoiava o queixo. Nisso, vejam!, de súbito, o mestre ficou arquejante. Era uma respiração forte, os ombros subiam e desciam. Mas não estava descompassada. Era uma ondulação ordenada. A meu ver,

---

e prata em abundância, e de linhas enxutas e estilizadas, extremamente delicadas e ousadas.
46. Criança que participa de rituais ou festas religiosas.
47. Quimono curto usado como um casaco.

parecia sobrevir de uma violenta tensão, ou algo misterioso e poderoso apossara o âmago do mestre. Senti meu peito comprimido ainda mais ao perceber que ele mesmo não se dava conta do que acontecia. Entretanto, tudo se processou num curto espaço de tempo, e a respiração voltou a se acalmar. Sem eu saber quando, retomou a respiração serena de antes. Imaginei que talvez fosse o espírito do mestre que tomara a posição de luta naquele momento. Seria a alma do mestre que, inconscientemente, recebia a inspiração divina? Ou eu estaria vendo o mestre em passagem à iluminação, atingindo o estado de total ausência de si e, assim, preparando o inflamado espírito de luta e ânimo combativo? Seriam essas as razões pelas quais era chamado de "mestre invencível"?

Antes de sentar ao tabuleiro, Otake cumprimentou o mestre com todo o respeito e disse:

— Mestre, eu tenho o problema de ir ao banheiro com frequência. Peço-lhe desculpas por levantar várias vezes durante o jogo.

— Eu também vou com frequência — murmurou o mestre. — Levanto-me três vezes durante a noite.

Achei graça, vendo que ele não notou nada sobre o problema de natureza fisiológica de Otake, causado pelo nervosismo.

Eu mesmo, quando fico escrevendo na escrivaninha do meu gabinete, tomo chá o tempo todo e aí vou seguidamente ao banheiro para urinar; além disso, por vezes sofro desarranjo de fundo nervoso. Mas o de Otake era um caso extremo. Mesmo nos grandes torneios de primavera e de outono do Nihon Ki-in, Otake era o único que bebia bastante *banchá*, uma enorme chaleira era colocada a seu lado. Go Seigen[48], sexto dan, que era um dos mais importantes rivais de Otake naquela época, também costumava ir seguidamente urinar quando estava diante do tabuleiro. Certa vez, cheguei a contar mais de dez idas de Go ao banheiro numa partida de quatro ou cinco horas. Ele não era de beber muito chá, mas era curioso que, toda vez que ele lá ia, eu escutava o ruído de urinar. Mas Otake não se limitava só a urinar. Além do mais, o que causava espanto a todos é que, quando ia ao sanitário, além de despir seu *hakama*, ele tirava também o *obi* de seu quimono e os deixava largados no corredor.

Refletiu seis minutos antes de jogar a preta 3 e em seguida disse:

— Com sua licença — disse, levantando-se.

Depois de jogar a preta 5, levantou-se novamente.

— Com sua licença.

O mestre retirou a carteira de Shikishima da manga de seu quimono e acendeu um cigarro com um lento movimento.

Enquanto deliberava a preta 5, Otake ficou agitado: ora enfiava a mão na abertura frontal do seu quimono, ora cruzava os braços, ora punha as mãos abertas ao lado dos joelhos, ou então retirava os minúsculos grãos de pó quase invisíveis de cima do tabuleiro e virava ao avesso as pedras brancas do adversário. Na realidade, ele as punha com o lado direito para cima. Se há anverso e reverso nas pedras brancas, o anverso seria a superfície lisa sem listras, que

---

48. Go Seigen (1914-), chinês radicado no Japão desde 1928, naturalizou-se japonês em 1936. Considerado gênio no go, alcançou o nono dan; retirou--se em 1983.

corresponde à face interna da concha amêijoa, mas ninguém se preocuparia com tais detalhes. Entretanto, quando o mestre, indiferente a isso, colocava a pedra branca virada, Otake a pegava e a virava.

Falando de postura durante a partida, Otake comentou quase por brincadeira:

— O mestre é muito quieto. Minhas condições andam fracas, pois fiquei contagiado pela quietude — disse, e acrescentou: — Eu prefiro o ambiente agitado. Se for muito quieto torna-se cansativo.

Durante a partida, Otake tinha o hábito de dizer uns gracejos ou trocadilhos sem muita graça, mas o mestre não tomava conhecimento e nem tinha nenhuma reação; era como se Otake lutasse sumô sozinho, o que o deixava em situação embaraçosa. Na presença do mestre, portanto, Otake procurava refrear sua natureza brincalhona.

Um profissional de go adquiria a postura respeitável e elegante diante do tabuleiro quando chegava à meia-idade, ou então hoje em dia não se dá importância às boas maneiras? Observo que alguns jogadores jovens contorcem o corpo ou exibem certas manias esquisitas; porém, do que observei até hoje, o caso que me marcou com a maior estranheza foi o de um jovem quarto dan num grande torneio organizado pelo Nihon Ki-in. Durante o jogo, quando o adversário deliberava a próxima jogada, esse jovem abria sobre o colo uma revista literária, de circulação limitada, e ficava lendo as histórias. Quando o adversário batia a pedra, ele levantava o rosto, pensava e colocava sua pedra; mas, sempre que era a vez do outro refletir, desinteressava-se por completo e voltava sua atenção à revista. Era uma atitude de desrespeito ao adversário, como se o desprezasse, o que parecia irritá-lo. Mais tarde, eu soube que, pouco depois do torneio, esse jovem quarto dan perdeu o juízo. Imagino que seus nervos doentios não suportavam esperar o adversário refletir sobre a jogada seguinte.

Conta-se que, certa vez, Otake, sétimo dan, e Go Seigen, sexto dan, foram consultar um médium para saber como manter o espírito para vencer numa partida de go, e a resposta foi que teriam de manter o espírito completamente livre de pensamentos enquanto o adversário refletisse sobre o movimento seguinte. Onoda, sexto dan, que fora juiz no jogo de despedida do mestre Hon'inbo, anos mais tarde, pouco antes da sua morte, não só se saiu vencedor absoluto no grande torneio do Nihon Ki-in, como também apresentou um go impecável. Suas maneiras durante a partida também eram impecáveis. Enquanto o adversário refletia, Onoda se mantinha quieto, com as pálpebras cerradas. Disse depois que abandonara o desejo de vencer. Ao fim do grande torneio, foi internado no hospital e faleceu sem saber que estava com câncer de estomâgo. Kubomatsu, sexto dan, que fora mestre de Otake no tempo de sua adolescência, também obteve vitórias incríveis no grande torneio pouco antes de falecer.

Diante do tabuleiro, a tensão entre o mestre e Otake se manifestava de modos opostos: calma contra agitação, indiferença contra nervosismo. Imerso no mundo do go, o mestre não mais deixava o tabuleiro. Para um profissional, basta ver a postura ou a expressão de seu adversário para saber se a situação da partida será favorável ou não; mas dizem que isso não se aplica no caso do mestre Shusai. Contudo, não quer dizer que o go de Otake fosse assim nervoso; pelo contrário, ele tinha um estilo enérgico, firme e concentrado. Como costuma refletir longamente, o tempo disponível não é suficiente; porém, uma vez que o tempo estivesse para se esgotar, ele pedia ao encarregado do registro para contar os segundos e era capaz de fazer cem ou até cento e cinquenta jogadas sucessivas. Nessas horas, o vigoroso espírito combatente de Otake chegava a intimidar seu adversário.

Aquele sentar e levantar de Otake devia ser algo como um preparativo para a luta, semelhante ao aceleramento da respiração do mestre. Contudo, a ondulação dos ombros estreitos e caídos do mestre me tocou o coração. Embora não fosse angustiante, nem áspero, senti que havia vislumbrado o segredo da chegada da inspiração, algo de que o próprio mestre não tinha consciência e que muito menos era perceptível por outrem.

Entretanto, mais tarde pensei que tudo não passava de minha impressão autocomplacente. Era possível que o mestre apenas tenha sentido o peito oprimido. Sua doença cardíaca se agravava à medida que os dias do jogo iam passando, e talvez aquilo tivesse sido o primeiro ataque, ainda que fraco. Como eu não sabia que o mestre sofria do coração, minha impressão fora uma mostra da admiração que sentia por ele; no entanto, não há dúvida de que aquilo era desnecessário. Naquela época, porém, o próprio mestre talvez ignorasse sua doença. Pode nem ter se dado conta da respiração pesada. Seu semblante não revelava sofrimento ou preocupação, e tampouco o vi colocar a mão no peito.

A preta 5 de Otake tomou vinte minutos; e a branca 6 do mestre, 41 minutos. Foi a primeira longa reflexão neste jogo. Havia sido combinado que quem tivesse a vez às quatro da tarde fecharia a sessão. Faltando dois minutos para as quatro, Otake jogou a preta 11; portanto, caso o mestre não decidisse em menos de dois minutos, sua vez seria o *fujite*. Às quatro e vinte, o mestre fechou o jogo com a branca 12.

O céu límpido desde a alvorada começou a escurecer. Era o prenúncio de grandes inundações, que causaram imensos danos em extensa área, desde Kanto (regiões em torno de Tóquio-Yokohama) até Kansai (em torno de Kyoto-Kobe).

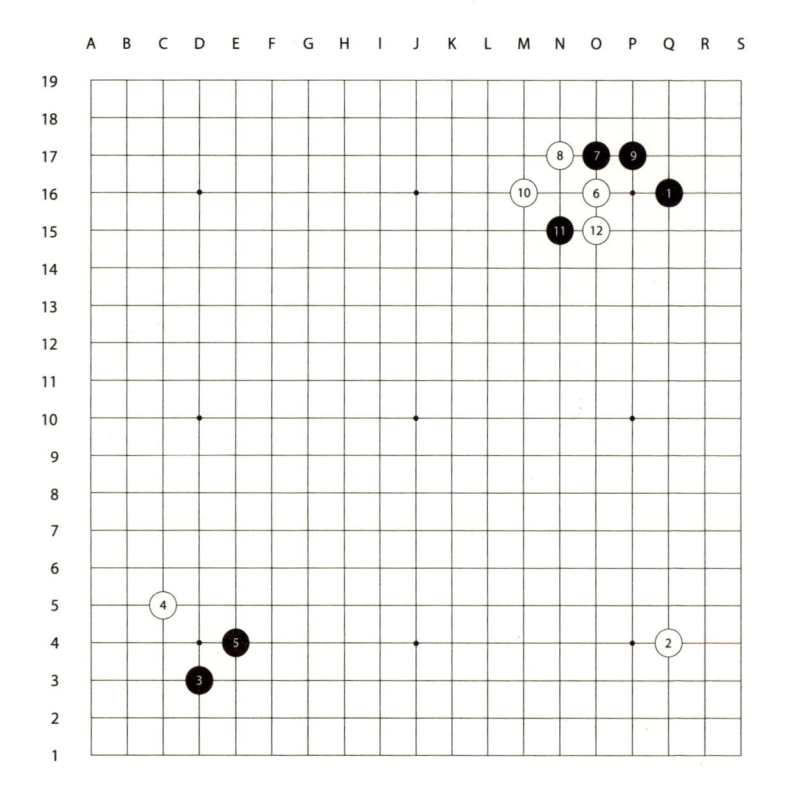

11

No segundo dia na Koyokan, o jogo estava programado para prosseguir a partir das dez da manhã; no entanto, devido a um desentendimento, o início foi adiado para as duas da tarde. Por ser repórter do jogo, eu era apenas espectador e não fui envolvido na questão, mas pude perceber a perturbação dos organizadores. Vários jogadores profissionais membros do Nihon Ki-in foram conferenciar numa sala de reuniões.

Nessa manhã, quando entrei pela porta do vestíbulo da Koyokan, encontrei Otake chegando com uma mala enorme.

— A bagagem é sua? — perguntei.

— Sim. Hoje, nós vamos nos mudar para Hakone e permaneceremos lá até o fim — respondeu com uma expressão aborrecida, que lhe era peculiar nos momentos que antecediam à partida.

Eu também sabia de antemão que nesse dia não retornaria para casa e que os jogadores e os demais se deslocariam da Koyokan para uma hospedaria em Hakone, mas a enorme bagagem de Otake me causou espanto.

Entretanto, o mestre não viera preparado para ir a Hakone.

— Eu não sabia que tinha sido combinado assim. Nesse caso, gostaria de ir à barbearia — comentou.
Era mais do que desapontador para Otake. Viera com todo o entusiasmo de luta, decidido a não retornar para sua casa até findar o jogo, que levaria cerca de três meses, mas esbarrou com o descumprimento do prévio acordo. Por acaso, o programa não fora avisado ao mestre? Otake estava irritado com a indefinição por parte da organização. Além do mais, o andamento futuro do jogo era preocupante; apesar de ter sido estabelecida uma rigorosa norma para esta partida, ela não estava sendo cumprida desde o começo. De fato, foi uma falha da coordenação não ter confirmado com o mestre. No entanto, como ninguém era capaz de persuadir o mestre, talvez tentassem convencer Otake — por ser mais jovem — a contornar a situação. Mas Otake estava irredutível.

Para o mestre, bastava declarar que não sabia do deslocamento para Hakone. Enquanto as pessoas se reuniam numa sala à parte, ou passos apressados iam e vinham pelo corredor, ou Otake, seu adversário do jogo, não comparecia por longas horas, o mestre ficou esperando sozinho, sentado, imperturbável, no seu lugar diante do tabuleiro. O entendimento aconteceu, mas atrasou um pouco o almoço: a partida seria das duas às quatro da tarde, e dois dias depois se deslocariam para Hakone.

— Só duas horas de jogo! Não dá para jogar quase nada. É melhor irmos para Hakone e recomeçarmos a jogar com calma — comentou o mestre.

Ele até tinha razão, mas não era assim tão simples. Problemas como o dessa manhã aconteciam devido a esse tipo de atitude do mestre. Um profissional de go não pode ser voluntarioso, querer trocar o dia da partida de modo arbitrário. Hoje em dia, a partida de go é regida por numerosas regras. Até para este jogo de despedida do mestre Shusai estabeleceram exagerados regulamentos a fim de impedir os caprichos — que eram normais no velho estilo — do mestre, nem mesmo foram respeitados os direitos especiais inerentes ao grau de mestre; tudo para assegurar um jogo em condições de absoluta igualdade.

Já que fora adotada a "lei de confinamento", se realmente quisessem cumpri-la a rigor, os jogadores deviam ter se deslocado da Koyokan para Hakone, sem que lhes fosse permitido retornar para suas casas. O confinamento significa que seriam mantidos em isolamento até o fim da competição; eles não podem se afastar do local do confronto, nem se encontrar com outros profissionais, a fim de evitar que recebam conselhos sobre a partida em andamento. Por mais que se diga que é para preservar a pureza da competição, poderia se dizer que é uma falta de respeito à integridade da pessoa, como também coloca em dúvida sua honestidade. Por outro lado, é certo que sob essa condição os jogadores conseguem se dedicar inteiramente ao jogo. Mas numa partida como esta, em que a continuação acontecia a cada cinco dias, prolongando-se por três meses, era inevitável que recebessem interferência externa, querendo-se ou não; a desconfiança, então, não tinha fim. Era óbvio que os colegas profissionais de go têm consciência e ética suficiente para não cometerem a imprudência de falar sobre o jogo em andamento, muito menos para os próprios protagonistas; porém, uma vez quebrada a norma de comportamento, não se teria como reter o processo de desmoronamento da ética.

Nos últimos dez anos de sua vida, o mestre participou de apenas três jogos públicos. E adoeceu durante essas partidas. Depois do primeiro jogo ficou enfermo, e após o terceiro morreu. Jogou até o fim todas as três vezes, mas devido à necessidade de tratamento de saúde as partidas se estenderam: a primeira, por dois meses; a segunda, por quatro meses; e a terceira, o jogo de sua despedida, por sete meses.

A segunda partida foi em 1930, cinco anos antes do jogo de despedida, com Go Seigen, na época quinto dan. Na fase intermediária, por volta do movimento 150, o lado branco parecia estar em desvantagem, embora em delicado equilíbrio; então, o mestre veio com a genial jogada da branca 160 e acabou vencendo por dois pontos. Entretanto, espalhou-se o boato de que aquela jogada genial de inspiração divina fora concebida pelo seu discípulo Maeda, sexto dan. Não sabemos da veracidade do fato. O discípulo negou. Como a partida se estendeu por quatro meses, é possível que os discípulos do mestre tenham estudado com muito cuidado a evolução. O movimento da branca 160 pode ter sido descoberto por um deles. Por ter sido uma jogada genial, não há garantia de que não a tivesse revelado ao mestre. Contudo, da mesma forma, é possível que o próprio mestre a tivesse descoberto. Ninguém mais, exceto o mestre e seu discípulo, sabe o que ocorreu.

O primeiro jogo aconteceu em 1926, num confronto entre o Nihon Ki-in e o grupo rival Kisei-sha[49], em que o

---

49. Organização japonesa de go fundada em 1924 por um grupo de jogadores liderado por Karigane. Foi dissolvida em 1941 com a saída dele.

mestre Shusai e Karigane[50], sétimo dan, os cabeças de cada organização, iniciaram os combates. Não há dúvida de que, durante dois meses, os profissionais das duas organizações estudaram o jogo nos seus mínimos detalhes, mas ignoro se deram conselhos aos respectivos líderes. Acredito que não houve conselho algum. O mestre era o tipo de pessoa que não buscava esses auxílios e, além disso, ele não inspirava uma fácil aproximação com tal objetivo. Parecia que a imponência da arte do go do mestre emudecia as pessoas.

Entretanto, até no terceiro jogo, o da sua despedida, quando houve uma interrupção ocasionada por sua enfermidade, circularam certos boatos de que devia haver alguma maquinação por parte do mestre. Eu, que acompanhava a partida desde o começo, fiquei atônito ao escutar tais boatos.

No primeiro dia do reinício em Itô, após recesso de três meses, os organizadores ficaram surpresos com o fato de Otake ter despendido 211 minutos — mais de três horas e meia — para deliberar seu primeiro lance. Otake começou a pensar às dez e meia da manhã, teve uma hora de descanso para o almoço, o sol do outono foi declinando, e a lâmpada elétrica sobre o tabuleiro foi acesa.

Quando faltavam vinte minutos para as três, jogou finalmente a preta 101.

— Para dar um salto aqui, bastava um minuto. Sou mesmo um parvo. Ah, fiquei tonto! — riu Otake e acrescentou:

---

50. Jun'ichi Karigane (1879-1959) foi aclamado como o rival do Hon'inbo Shusai. Alcançou o nono dan.

— Fiquei em dúvida se seria melhor saltar ou ir a nado[51], e acabei pensando por três horas e meia...

O mestre deu um sorriso torto, mas não respondeu. Como Otake afirmou, a jogada da branca 100 era, de fato, mais do que óbvia até para nós. O jogo estava na fase de *yose*[52], em que as pretas invadiam a formação branca da parte inferior direita. Não havia nenhum ponto melhor do que aquele ocupado pela preta 101. Além desse salto de um espaço ao 18-13, havia a possibilidade de "nadar" para o 18-12; porém, por mais que ficasse indeciso, a evolução não teria uma diferença muito significativa.

E por que Otake demorou tanto a decidir? Cansado de esperar, eu estranhava a demora e cheguei a suspeitar que talvez ele demorasse de propósito. Estaria tentando importunar seu adversário ou fazendo uma cena? Havia certa razão nessa suspeita. Explicando melhor, houve um recesso de três meses, e nesse meio tempo Otake teve tempo suficiente para estudar todos os detalhes possíveis. Avançando até o centésimo movimento, tudo indicava que seria uma luta apertada. A fase de *yose* poderia ser ampla e devastadora, mas seria impossível de se prever até os últimos lances. Mesmo que tentasse inúmeras evoluções possíveis, não teria certeza, a análise nunca chegaria ao fim. De qualquer modo, seria muito difícil pensar que durante o recesso Otake não tenha estudado uma partida de tamanha importância. Teve três meses para pensar na jogada da preta 101. Então, por

---

51. No go, "saltar" jogando em 18-13, o segundo ponto em relação à preta 87, ou "nadar" ao ponto 18-12, adjacente à preta 87.
52. Fase de consolidação dos territórios quando há poucas opções de jogada.

que mergulhar agora em reflexão por três horas e meia, como se tivesse deparado pela primeira vez com a possibilidade; não estaria ele fingindo que não pensara durante o recesso? A dúvida não era só minha, os organizadores também estranhavam essa deliberação tão longa e pareciam que não estavam gostando.

Quando Otake se afastou do tabuleiro por um instante, até o mestre mostrou sua insatisfação:

— É bastante obstinado — murmurou. Era algo sem precedente ele comentar a respeito do seu oponente durante uma partida competitiva, e não de exercício.

No entanto, Yasunaga, quarto dan, que mantinha intimidade tanto com o mestre quanto com Otake, disse-me mais tarde:

— Nessa partida, acredito que nem o mestre nem Otake estudaram o jogo durante o recesso. Otake é um homem muito escrupuloso e não teve disposição para estudar aproveitando-se da enfermidade do mestre.

Deve ter sido isso. Era possível que no espaço de três horas e meia Otake não só pensou na jogada da preta 101, como teria se esforçado também para reaproximar a mente, que esteve afastada do go nesses três meses, bem como imaginado a evolução futura de toda a partida e traçado a tática que deveria adotar.

12

Era a primeira experiência do mestre com o *fujite*. No segundo dia, no reinício da partida, o envelope foi retirado do cofre da Koyokan, e o lacre foi verificado na presença dos dois jogadores e do secretário do Nihon Ki-in. O autor do *fujite* do dia anterior mostrou o diagrama para seu oponente e pôs a pedra no tabuleiro segundo o que escrevera. O mesmo processo fora repetido também em Hakone e Itô. Em outras palavras, o objetivo do *fujite* é esconder do oponente a última jogada da sessão daquele dia.

Antigamente, uma partida que não terminasse no dia era encerrada com um lance das pretas, como uma demonstração de respeito a quem era superior. Como isso deixava o lado branco sempre em vantagem, para evitar esse trato parcial decidiram recentemente que se, por exemplo, a suspensão da partida fosse às cinco da tarde, quem estivesse com a vez nessa hora faria a última jogada. O passo seguinte para melhorar foi a regra do *fujite*. O go introduziu o *fujite* já praticado no *shogi*. Até então, o jogador que tinha a vez no reinício conhecia o último lance do seu adversário e podia estudar sua estratégia com calma até a hora do novo confronto; além do mais, esse espaço de tempo, que pode ser de um ou vários dias, não era computado no tempo regulamentado. A regra do *fujite*, criada após muitos debates, elimina essa irracionalidade.

Poder-se-ia dizer que o mestre sofreu na última partida de go de sua vida com o racionalismo da modernidade, que tornou tudo rigorosamente amarrado em meticulosas regras; com isso, a graça e a elegância dessa arte tornaram-se artigos obsoletos, o respeito e a consideração aos superiores foram esquecidos, e nem ao menos há o mútuo apreço como seres humanos. O belo costume de longa tradição do Japão, ou do Oriente, inclusive o Caminho do Go, está arruinado; tudo é regido por cálculo e normas. A ascensão pela escala que rege a vida do jogador profissional de go é determinada por um sistema de pontuação, que avalia até os mínimos detalhes; o que mais importa é a estratégia de luta para derrotar o adversário, e não há mais espaço para se desfrutar da dignidade e do sabor do go como uma arte. À maneira moderna, instituíram-se condições de igualdade no confronto, mesmo quando se defronta com o mestre, o que não dependia da vontade de Otake. Já que o go também é uma competição, um jogo, essas mudanças devem ter sido naturais.

Havia mais de trinta anos que o mestre Shusai não jogava com as pedras pretas. Era o "primeiro" sem haver o "segundo". Enquanto ele estava vivo, não existia um detentor do oitavo dan que seria o sucessor natural. Sua capacidade estava muito acima de seus contemporâneos de go, e entre a geração jovem não havia quem chegasse perto e que pudesse sucedê-lo. Um dos motivos por que mesmo hoje, decorridos dez anos de sua morte, não há como determinar um sucessor do título de mestre de go talvez seja a grande presença do mestre Shusai. É possível que ele seja o último dos mestres venerados pelo espírito tradicional do go como Caminho e Arte.

Começa a ficar evidente, como acontece com o *shogi*, que a obtenção do título de mestre por meio dos campeonatos irá ganhar importância maior, e a posição de mestre se tornará como uma bandeira de campeão, uma mercadoria de patrocinadores da competição. Na verdade, pode-se dizer que o mestre vendera esse jogo de despedida a uma empresa jornalística por um valor exorbitante e sem precedentes; como também aceitara participar mais por ter sido persuadido pela empresa do que por sua própria vontade. Por outro lado, do mesmo modo que o sistema de concessão de licenças de grão-mestre — para transmissão de segredos de uma arte ao discípulo — de escolas ou estilos de diversas artes tradicionais japonesas, a validade vitalícia do título de mestre — uma vez que alcançou a posição, continua mestre até a morte — e a divisão em níveis e classificações podem ser relíquias dos costumes dos tempos do feudalismo. Se tivesse que batalhar para defender o título de mestre todos os anos, como acontece atualmente, o mestre Shusai poderia ter morrido muito mais cedo.

Nos tempos idos, o detentor do título de mestre só jogava para treinar seus discípulos, ele evitava o jogo competitivo com receio de macular a autoridade da sua posição. Jamais existiu antes um mestre de 65 anos que disputasse uma partida competitiva. Porém, de hoje em diante, não será tolerado um mestre que não a aceitar. Em vários sentidos, o mestre Shusai estava na divisa entre o velho e o novo mundo. Recebeu veneração espiritual de um mestre dos velhos tempos e obteve sucesso material de um mestre dos tempos modernos. E, na época em que se mesclam o espírito de idolatria e o iconoclasmo, o mestre travou sua última batalha de go como o último sobrevivente dos ídolos do velho estilo.

O mestre teve a sorte de nascer na Era Meiji, período em que houve um rápido crescimento do interesse pelo go. Um jogador da atualidade, Go Seigen, por exemplo, quando era iniciante, não passou por dificuldades na vida como o mestre Shusai; e, mesmo que um gênio do go venha a sobrepujar o mestre, jamais será como ele, que representa a própria história do go. O mestre era o símbolo do go propriamente dito, tendo atrás de si uma longa e brilhante carreira, que atravessa as Eras Meiji, Taisho e Showa[53], e sua notável contribuição trouxe a atual prosperidade do go. Já que este último jogo significava um adorno para o fim da carreira do idoso mestre, poderia ter havido a consideração e o respeito dos que seguem no seu encalço, o espírito comedido da arte dos guerreiros e o refinamento velado do Caminho da Arte, para que se pudesse criar sua obra segundo o fruir do seu coração; porém, não podiam deixá-lo fora das normas de igualdade.

Quando se cria uma lei, em pouco tempo surgem uns espertos para burlarem essa lei. Logo que são estabelecidas regras para salvaguardar o jogo de ardis desonestos, alguns jovens profissionais de go elaboram novos ardis para tirarem

---

[53]. Períodos de reinado dos imperadores Taisho (1912-1926) e Showa (1926-1989).

proveito dessas mesmas regras. O tempo limite, a suspensão do jogo e o *fujite* também são estudados com o intuito de serem aproveitados como instrumentos para tal fim. Desse modo, uma partida de go como obra de arte acaba sendo maculada. O mestre, quando sentava ao tabuleiro, era "um homem dos tempos idos". Desconhecia esses artifícios minuciosos da atualidade. Era ele que, avaliando de modo aproximado um momento próprio para fazê-lo — quando achasse conveniente para si —, anunciava a suspensão do jogo; deixava o desafiante fazer sua jogada e, assim, terminava a sessão daquele dia. A data de reinício também era determinada pelo mestre. Um capricho dessa natureza era permitido para o jogador superior, e o mestre vinha agindo dessa maneira durante sua longa carreira profissional. Nem mesmo havia o limite de tempo. Sem sombra de dúvida, essas arbitrariedades permitidas ao mestre devem ter contribuído muito mais para seu fortalecimento espiritual do que as atuais regras preocupadas com minuciosos detalhes.

Entretanto, o mestre estava mais acostumado aos direitos especiais à moda antiga do que às regras de igualdade; por exemplo, no confronto com Go Seigen, quinto dan, foram espalhados boatos desagradáveis, que o andamento não seguiu como o previsto devido à enfermidade do mestre. Por isso, a nova geração impôs rigorosas condições no jogo de despedida do mestre, a fim de que o desafiante pudesse se defender do comportamento caprichoso de seu oponente. As regras do confronto não foram estabelecidas entre Otake, sétimo dan, e o mestre. Estavam definidas antes mesmo da realização do torneio eliminatório entre os membros detentores de graus elevados do Nihon Ki-in para selecionar o desafiante do mestre. Como representante dos profissionais de graus elevados, Otake procurou fazer com que o mestre também seguisse as normas estabelecidas.

Mais tarde, devido principalmente à enfermidade do mestre, surgiram vários desentendimentos. A atitude de Otake, que insistia em abandonar o jogo, soava como uma falta de educação e respeito de alguém da nova geração para com o idoso mestre, uma falta de consideração a um enfermo; e parecia que só foram dados argumentos racionalistas despropositados, causando terrível trabalho aos organizadores. No entanto, reconsiderando tudo, o argumento correto sempre estava com Otake. Para ele, recuar um passo podia resultar em recuar cem passos, como também o alívio de um espírito motivado pelo recuo de um passo pode se tornar o motivo da derrota num jogo. Não se devia permitir tal coisa num embate de vida e morte. Otake estava consciente de que tinha que vencer a partida, custasse o que custasse; havia tomado a firme decisão de não aceitar a vontade caprichosa do seu oponente. Por tudo isso, achei que até podia ter havido, por parte de Otake, uma postura ainda mais obstinada em querer cumprir as regras a qualquer custo pelo fato de o mestre ser seu adversário, de quem já esperava, por costumeiro, um comportamento voluntarioso.

É óbvio que essas condições do confronto não tinham nada a ver com a partida de go disputada no tabuleiro. Teria sido possível lutar sem piedade mesmo aceitando o desejo do outro quanto à hora e ao local do jogo e considerando as condições do seu oponente. Existem profissionais capazes dessa flexibilidade. Nesse sentido, pode-se dizer que o mestre teve azar quanto ao adversário desse jogo.

13

No mundo dos jogos competitivos, os espectadores sempre elevam um herói acima de sua capacidade real. O confronto entre adversários de bom nível causa sensação, mas o que realmente adoram não seria um único e absoluto herói? Verdade é que a grande figura do "mestre invencível" se elevava alta e imponente no mundo do go. Muitas vezes, ele passou por confrontos de go que mudaram o curso de sua vida, mas nunca sofreu derrota numa partida decisiva. Mesmo admitindo que os resultados de suas lutas no tabuleiro, até que se tornasse mestre, tinham sido favorecidos pela oportunidade e pelo impulso do momento, depois de ter alcançado essa posição, e sobretudo nos últimos anos de sua vida, era considerado invencível. Esse particular era uma tragédia para ele, pois teve que participar dos jogos acreditando ser invencível. Era de se imaginar que, comparando com o mestre de *shogi* Sekine, que declarara ter se sentido aliviado ao sofrer uma derrota, a situação do mestre Shusai teria sido muito mais angustiante. Numa partida de go, quem coloca a primeira pedra tem 70% de garantia de vitória; portanto, não seria de admirar que o mestre, com as pedras brancas, fosse derrotado por Otake, porém isso está além dos conhecimentos de um leigo.

O mestre não fora apenas movido pelo poder de um grande jornal e seduzido pelos honorários, ele deve ter sentido o importante significado de sua participação para a arte do go; no entanto, a chama que ardia no seu íntimo deve ter sido o espírito de combate, da certeza de que sairia vencedor. Não há sombra de dúvida de que, se tivesse surgido o menor sinal de derrota, ele não teria participado. Assim, com a queda da coroa de invencível, a vida do mestre se extinguiu. Vivera segundo seu extraordinário destino, mas poderia se dizer que tê-lo seguido significa que o mestre tenha se rebelado contra esse destino?

Só por causa da participação do "mestre invencível" e "jogador absoluto" depois de cinco anos de reclusão, as condições insólitas e anacrônicas do jogo foram aceitas. Reconsiderando mais tarde, essas condições exageradas parecem algo como uma ilusão ou o mensageiro da morte.

Além do mais, as normas estabelecidas foram desrespeitadas pelo mestre no segundo dia, na Koyokan, e mais uma vez logo na chegada em Hakone.

O traslado para Hakone estava programado para 30 de junho, três dias depois da segunda sessão, na Koyokan, mas devido às enchentes causadas pelas chuvas excepcionais foi adiado para 3 de julho e, finalmente, para o dia 8. Uma boa parte das regiões de Kanto ficou inundada, e a região da cidade de Kobe também sofreu danos consideráveis. Nesse dia, a restauração da linha Tokaido — que liga Tóquio a Osaka — ainda não estava concluída. Como eu estava morando em Kamakura, tinha que trocar de trem na estação

Ofuna e ficava aguardando o mestre e sua equipe, que vinham de Tóquio, mas o expresso que partiu de Tóquio às três e quinze da tarde, com destino a Maibara, chegou com um atraso de nove minutos.

Esperamos por Otake, sétimo dan, na estação Odawara, pois aquele trem não para em Hiratsuka, onde mora. Não demorou muito, Otake surgiu, trajando um conjunto de verão azul-marinho e um chapéu-panamá na cabeça, com a aba dianteira abaixada. Carregava aquela mala grande, que levara também para a Koyokan, contendo o suficiente para um acampamento na montanha. Mal nos viu, foi falando dos danos da enchente.

— No hospício perto da minha casa, estão usando botes para idas e vindas. No começo usavam jangadas — contou Otake.

Tomamos o teleférico em Miyanoshita para descermos até Dogashima, à beira-mar. Bem abaixo de nossos pés, as águas barrentas do rio Hayakawa rolavam em turbilhão. A hospedaria Taiseikan estava situada numa ilha no meio desse rio. Assim que nos acomodamos numa sala para descansar, Otake desceu do coxim e cumprimentou formalmente o mestre:

— Mestre, espero que não tenha se cansado com a viagem. Peço-lhe a bondade de que continue sendo generoso comigo.

Nessa noite, também o mestre estava de bom humor, com a ajuda de alguns goles de saquê quente, e contava amenidades, ilustrando com amplas gesticulações; Otake falou de sua família e das recordações do tempo de garoto. Nisso, o mestre me desafiou para uma partida de *shogi*, mas, vendo que eu estava relutante, virou-se para Otake.

— Então, senhor Otake — convidou.

O jogo se prolongou por quase três horas, e Otake venceu.

Na manhã seguinte, o mestre estava no corredor ao lado da sala de banho, deixando que cuidassem de sua barba. Estaria cuidando da aparência para a batalha do dia seguinte? Como não tinha espaldar alto onde repousar a cabeça na cadeira comum em que se sentava, a esposa se encostava atrás e sustentava a nuca do marido.

Ao anoitecer, Onoda, sexto dan, que servia de árbitro, e o secretário Yawata também chegaram à Taiseikan. O mestre animou o ambiente desafiando Onoda para um *shogi*, mas acabaram jogando *ninuki*, também chamado de *gomoku* coreano.[54] O mestre perdeu várias partidas seguidas.

— O senhor é bom mesmo — disse o mestre, admirado.

Onoda se encarregou de anotar num diagrama a partida de go entre mim e o repórter Goi, do *Diário de Tóquio*. Ter um sexto dan como registrador era um luxo que nem na partida do mestre acontecia. Eu jogava com as pretas e venci por cinco pontos. A notícia desse jogo apareceu na revista *Kido* (O Caminho do Go), do Nihon Ki-in.

Depois de descansarem um dia da viagem, por fim chegou o dia 10 de julho, data marcada para o reinício da partida. Nessa manhã, Otake parecia outro homem, até sua postura estava mudada. A boca firmemente fechada, ele caminhava pelo corredor com passos enérgicos, balançando os ombros um pouco mais elevados do que de costume. Os

---

54. Uma variação do *renju*.

olhos estreitos com as pálpebras lisas e inchadas emitiam uma luz desafiadora.

Contudo, houve queixas por parte do mestre. Ele disse que dormiu mal por duas noites devido ao ruído da corredeira do rio do vale. Transportaram então o tabuleiro para uma ala mais distante do rio e pediram para que ao menos posasse para fotografia. O mestre sentou-se com muita má vontade e murmurou sua insatisfação pela escolha dessa casa como local do jogo.

A insônia não seria motivo para adiar uma partida. Honrar o compromisso quanto ao dia do confronto era costume do profissional de go, mesmo que seu pai ou sua mãe tenha morrido, mesmo que esteja doente e que caísse prostrado sobre o tabuleiro. Mesmo hoje, não é raro encontrar exemplo disso. Ainda que as queixas tenham sido do mestre, apresentá-las na manhã do confronto era um incrível egoísmo da parte dele. Se o jogo tinha uma importância suprema para o mestre, para Otake seu significado era ainda maior.

Não havendo um coordenador capaz de tomar decisão e também dar ordens ao mestre com a autoridade de um árbitro, quando chegou o momento do reinício do jogo, tanto na Koyokan quanto aqui, aconteceu o descumprimento por parte do mestre; Otake deve ter ficado preocupado com o andamento do jogo. Corajosamente, entretanto, ele acatou o desejo do mestre. Seu semblante nada revelou de seus sentimentos íntimos.

— Fui eu quem escolheu esta casa. Lamento que o senhor não tenha conseguido dormir. Peço-lhe perdão pelo ocorrido — disse Otake. — Mudaremos para uma hospedaria mais sossegada e reiniciaremos amanhã a partida, depois de o senhor ter uma noite bem descansada.

Ele indicara essa hospedaria em Dogashima pois tinha estado aqui antes e achou o local ideal para jogar go. Infelizmente, o volume do rio cresceu devido à chuva excepcional, e o barulho da correnteza, que chegou a arrastar as rochas rio abaixo, era, de fato, incômodo nessa hospedaria situada no meio do rio Hayakawa. Otake deve ter se sentido responsável pelo transtorno e pedido desculpas ao mestre.

Eu vi Otake sair de *yukata* com o repórter Goi para procurar uma hospedaria sossegada.

14

Ainda na manhã daquele mesmo dia, nós nos mudamos para a hospedaria Naraya. E no dia seguinte, 11 de julho, depois de doze ou treze dias de interrupção, o jogo teve reinício no anexo número um da Naraya. Daquele dia em diante, o mestre imergiu no mundo do go e nunca mais voltou a manifestar seus caprichos; tornou-se dócil como se tivesse entregado sua existência a outras pessoas.

Os árbitros do jogo eram Onoda e Iwamoto, ambos sexto dan. Este veio de Tóquio no dia 11, à uma da tarde, e logo que chegou sentou-se numa cadeira na varanda e ficou contemplando as montanhas. Aquele dia, de acordo com o calendário, era o fim da estação das chuvas, e, de fato, o sol brilhou depois de muitos dias. As folhas das árvores deitavam nítidas sombras nas terras úmidas, e o colorido das carpas alegrava as águas da fonte; mas na hora do início da partida o céu voltou a nublar. No entanto, uma brisa balançava suavemente os ramos do arranjo floral colocado no *tokonoma*. Além dos rumores da cascata do jardim e da corredeira do rio Hayakawa, apenas se ouvia, distante, o som de um cinzel de pedreiro. Um aroma de lírio-tigrino vinha do jardim. No salão, onde acontecia a partida, mergulhado em completo silêncio, um pássaro voou próximo ao beiral. Nesse dia, avançaram dezesseis movimentos, do *fujite* feito pela branca 12 ao *fujite* com a preta 27.

Após um recesso de quatro dias, a partida foi retomada pela segunda vez em 16 de julho, em Hakone. A garota encarregada dos registros, que até então usava um quimono de *kasuri* azul-índigo, passou a vestir um quimono branco de linho assedado, próprio para o verão.

Situado na parte interna do mesmo jardim, o prédio anexo distava cerca de um *cho*[55] do prédio principal. No caminho para o almoço, servido no prédio principal, a figura do mestre, de costas, me chamou a atenção. Ele subia, sozinho, um pouco inclinado para frente, o pequeno aclive que saía do portão do anexo. A distância não permitia discernir as linhas das palmas de suas pequenas mãos, juntadas nas costas, e que seguravam de leve um leque fechado, mas essas linhas pareciam numerosas e se entrecruzavam. Por estar ligeiramente inclinado, a fragilidade das pernas parecia ainda mais acentuada, embora da cintura para cima ele fosse reto e rijo. O caminho era largo, e por baixo da moita de bambu-anão, que crescia num dos lados, vinha o rumor da água que escoava numa valeta. Havia sido apenas isso, e, no entanto, senti um calor por trás das pálpebras ao ver o vulto das costas do mestre. Era uma sensação profunda, embora não soubesse a razão. A imagem dele, que acabara de deixar o local do jogo e caminhava com ar de alívio, suscitava-me uma serena compaixão, que mais parecia coisa

---

55. Unidade de comprimento que equivale a 109 metros.

do outro mundo. Imaginei-o como uma relíquia deixada pela Era Meiji.

— Andorinhas, andorinhas — murmurando com uma voz rouca, o mestre parou e ergueu o olhar. Estava em frente à rocha onde havia a Pedra Fundamental da Paragem do Grande Imperador Meiji, que nos informava que o imperador pousara nesta hospedaria. O pé da extremosa que abria os ramos sobre esse monumento ainda não estava florido. Nos tempos idos, a Naraya fora uma hospedaria oficial a serviço do governo feudal.

Onoda alcançou o mestre e o seguiu, andando um passo atrás, como se para protegê-lo. A esposa do mestre esperava por ele na ponte de pedra sobre o lago, em frente aos aposentos. Ela sempre o acompanhava pela manhã e à tarde até o local do jogo; mas, depois de se certificar que o mestre tomava o assento diante do tabuleiro, desaparecia sem que ninguém percebesse. E na hora do almoço e à tarde, no final da sessão, sempre esperava por seu retorno.

Naquela ocasião, a figura do mestre vista por trás parecia não estar bem equilibrada. Ou seja, ainda não estava inteiramente desperto do estado de transe do mundo do go, e seu corpo, da cintura para cima, mantinha uma postura de combate diante do tabuleiro. Faltava firmeza nos seus passos. Sua imagem de espírito elevado parecia flutuar no vazio do céu. O mestre estava com ar ausente, mas a parte superior do corpo permanecia tesa como se continuasse no jogo. Era a imagem da fragrância remanescente.

Talvez ao perceber que a voz estava rouca e que não conseguia dizer "andorinhas, andorinhas", ele tivesse se dado conta pela primeira vez de que o próprio físico não havia retornado ao normal. Coisas assim aconteciam com frequência ao velho mestre. O mestre se tornou uma pessoa especialmente saudosa para mim, talvez porque sua imagem naquela ocasião tivesse se infiltrado em meu coração.

15

A primeira vez que a esposa do mestre se mostrou preocupada, dizendo que a saúde do marido não ia bem, foi no dia 21 de julho, quando se preparavam para o terceiro confronto, em Hakone.

— Ele diz que sente aflição aqui... — ela passou a mão no próprio peito. Desde a primavera, ele sentia isso de tempos em tempos.

Contou também que o apetite dele diminuíra muito e que, no dia anterior, não tomara a refeição matinal, e havia se alimentado somente de uma fatia fina de pão torrado e de um *gou*[56] de leite no almoço.

Durante a partida, notei a carne das bochechas emagrecidas sob o maxilar forte e desenvolvido do mestre contrair-se nervosamente, mas achei que era por causa do cansaço devido ao calor.

Naquele ano, mesmo depois de passada a estação das chuvas, continuou a chover e o verão tardava; de repente, porém, pouco antes do dia 20 de julho — quando o calendário marca a entrada do verão —, começaram os dias

---

56. Unidade de volume que equivale a 180 mililitros.

quentes. No dia 21, também uma fina neblina envolvia a serra Myojogatake, e até uma borboleta-cauda-de-andorinha preta adejando ao redor do lírio-tigrino perto da varanda aumentava a sensação de calor abafante. Cada pé de lírio ostentava quinze ou dezesseis flores num único caule. O crocitar dos corvos que vinham em bando ao jardim também aumentava a sensação do calor. Até mesmo a jovem encarregada dos registros se abanava com um leque. Foi o primeiro dia realmente quente desde o início da partida.

— Que calor terrível — disse Otake, enxugando a testa com uma toalhinha japonesa. Em seguida, agarrou com a mesma toalhinha os fios do cabelo para secar o suor e continuou: — O go também está ficando quente. Estamos escalando a montanha, o monte Hakone... "O monte Hakone é o mais íngreme do mundo..."[57] — cantarolou.

Para decidir a jogada da preta 59, Otake despendeu três horas e 35 minutos, incluindo o intervalo do almoço.

Nesse meio tempo, o mestre, com a mão direita apoiada no tatame atrás de si e o braço esquerdo sobre o descansa-braço ao seu lado, agitava o leque da mão esquerda com ar ausente. De tempos em tempos olhava para o jardim. Confortável e descontraído, parecia sentir o frescor. Eu estava tenso só de ver o esforço do corpo jovem de Otake bem diante dos meus olhos, mas a disposição do mestre parecia serena, como se seu centro de gravidade se encontrasse em algum lugar distante.

Entretanto, no rosto do mestre também surgiu um suor denso. De repente, levou as mãos à cabeça e, depois, comprimiu as faces.

---

57. Letra da canção "Hakone", muito popular no Japão.

— Em Tóquio deve estar terrível — observou o mestre, e manteve aberta sua boca por um tempo. Parecia esquecer a realidade circundante, recordando dias tórridos de tempos atrás ou pensando no calor de algum lugar distante.

— Ah, sim. Foi no dia seguinte da nossa ida ao lago. De repente, esquentou... — respondeu Onoda, sexto dan, que acabara de chegar de Tóquio.

O lago era o Ashinoko, onde, no dia 17, dia seguinte ao confronto, o mestre, Otake, Onoda e mais uns outros tinham ido pescar.

Depois da longa reflexão de Otake para decidir a preta 59, os três movimentos seguintes foram uma consequência inevitável, e as pedras foram colocadas sucessivamente como em ressonância uma da outra. Com isso, a área superior ficou por hora resolvida. O movimento seguinte das pretas oferecia várias possibilidades e apresentava dificuldade; não obstante, Otake voltou para a área inferior e, em menos de um minuto, jogou a preta 61. De certo, planejara esse ataque havia algum tempo. Após ter lançado esta pedra como se para fazer o reconhecimento da formação branca da área inferior, retornaria à região superior para iniciar um ataque implacável; era uma estratégia muito própria de Otake, que parecia ser acossado pela vontade de pôr em prática o plano preconizado. O som da pedra ressoou como se clamasse a vontade impaciente de Otake.

— Refrescou um pouco — disse, levantando-se em seguida.

Deixou o *hakama* no corredor e, ao retornar, vestiu-o, invertendo a parte da frente com a de trás.

— O *hakama* ficou *makaha* — brincou.

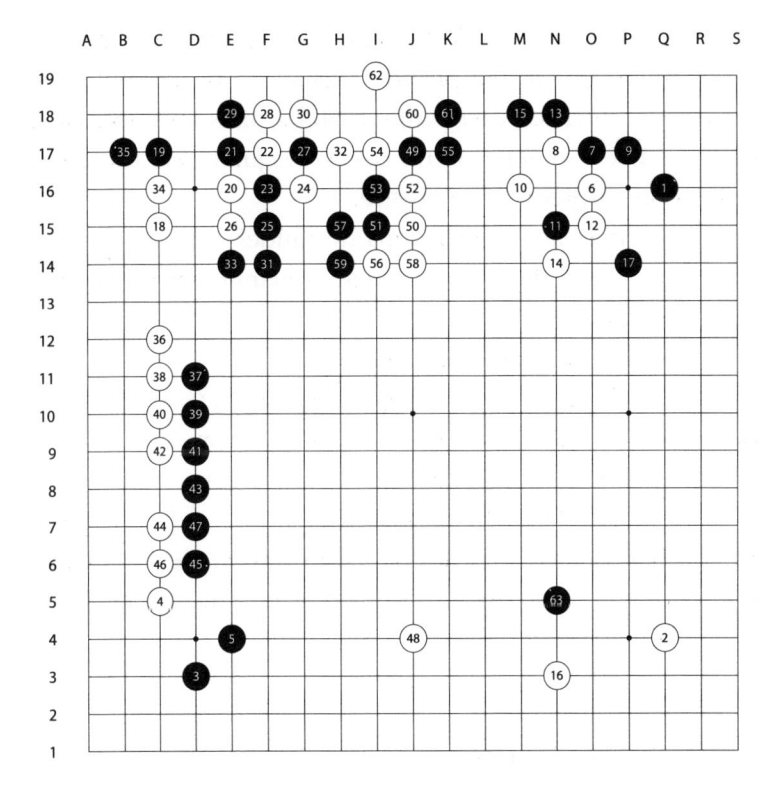

Tornou a vesti-lo, agora corretamente, e, amarrando com destreza as tiras em cruz, retornou ao banheiro para urinar. Ao voltar ao seu lugar, disse ainda:

— Quando se está jogando, logo se percebe o calor — e esfregava com força as lentes dos óculos com a toalhinha.

Eram três da tarde. O mestre comia *koori-shiratama*.[58] A jogada da preta 63 lhe pareceu que fora inesperada, e ele deliberou por vinte minutos.

---

58. Doce gelado com bolinhas de farinha de arroz.

Otake se levantava do tabuleiro com frequência para ir ao banheiro urinar, ele próprio avisara ao mestre antes de iniciar a partida na Koyokan, em Shiba, mas mesmo assim, durante a sessão anterior, no dia 16 de julho, ele foi tantas vezes que surpreendeu o mestre.

— Está com algum problema de saúde?
— São meus rins. Neurastenia... Quando eu penso, me vem a vontade.
— Devia parar de tomar tanto chá.
— Sim, devia. Mas se começo a refletir me vem a vontade de tomar — enquanto explicava, disse mais uma vez: — Com sua licença — e se levantou e se afastou.

Esse hábito de Otake é matéria de fofoca e de caricatura nas revistas de go. Uma dessas escreveu que ele caminhava tanto durante uma partida que dava para ir até a estação de Mishima, na rota Tokaido.[59]

---

59. Na rota Tokaido, estrada que liga Edo (atual Tóquio) a Kyoto, havia 53 estações de paragem dos viajantes. Mishima ficava a cerca de 113 quilômetros do ponto de partida, na Nihonbashi, em Edo.

16

Quando a sessão do dia termina, antes de deixarem o tabuleiro os jogadores costumam contar quantos foram os movimentos e verificar os tempos gastos. Nessas ocasiões, o mestre também tinha muita dificuldade em compreender.

No dia 16 de julho, às quatro e meia, depois que Otake definiu o *fujite* com a preta 43, o mestre foi informado de que, somando manhã e tarde, avançaram naquele dia dezesseis movimentos.

— Dezesseis...? Jogamos tanto assim? — mostrou-se intrigado.

A jovem encarregada dos registros explicou repetidas vezes que, da branca 27 até o *fujite* com a preta 43, foram dezesseis movimentos. Otake também confirmou. O jogo estava na fase inicial e havia apenas 42 pedras no tabuleiro. Bastava um rápido olhar para confirmar isso. Entretanto, mesmo após escutar os dois, o mestre não ficou convencido e decidiu contar as pedras lançadas nesse dia, pressionando com o dedo pedra por pedra, em lento movimento, e ainda assim parecia não se convencer.

— Preciso refazer os passos — disse o mestre.

O mestre e seu adversário, Otake, retiraram então do tabuleiro as pedras colocadas naquele dia.

— Primeiro lance.

— Segundo lance.

— Terceiro lance.

Desse modo, recolocaram as pedras, contando uma por uma, e viram que foram mesmo dezesseis movimentos nesse dia.

— Dezesseis movimentos...? Jogamos bastante — murmurou com ar de tolo.

— É porque o senhor decide com muita rapidez...

Ao comentário de Otake, o mestre volveu:

— Eu não sou rápido.

O mestre continuou sentado em frente ao tabuleiro com ar ausente, como se tivesse se esquecido de se levantar. Os outros não podiam deixar o lugar antes dele. Decorrido algum tempo, Onoda convidou:

— Vamos passar para a outra ala, mestre? É melhor mudar de ambiente.

— Então, vamos jogar *shogi?* — perguntou o mestre, como se despertasse nesse momento.

Não foi de propósito que ele se fez de distraído, nem fingira um ar de abstração.

Nem haveria a necessidade de verificar aqueles dezesseis ou dezessete minguados movimentos, pois a evolução de todo o jogo deve estar sempre gravada na cabeça de um jogador, que não o abandonaria nem mesmo durante as refeições ou quando estivesse dormindo. Contudo, deve ter sido por sua natureza metódica e escrupulosa que o mestre precisava repassar tudo, por si mesmo, recolocando pedra por pedra para se convencer da evolução do jogo. Podia também ser uma faceta circunspecta do mestre. Imaginei, ao observar esse interessante maneirismo do velho mestre, que era uma inclinação de um homem solitário que não foi muito feliz na vida.

A nova sessão aconteceu no quinto dia, em 21 de julho, após um recesso de quatro dias. Nesse dia, avançaram 22 movimentos, da branca 44 até o *fujite* com a preta 65.

Quando terminou a sessão, o mestre indagou à garota dos registros:

— Eu... gastei quanto tempo hoje?

— Uma hora e 20 minutos, senhor.

— Foi tanto tempo assim? — disse com cara de espanto.

Ele parecia incrédulo. Nesse dia, o mestre usou em seus onze movimentos seis minutos a menos do que o tempo de uma hora e 35 minutos gasto por Otake para pensar somente a preta 59; no entanto, o mestre parecia ter acreditado que jogara com muito mais rapidez.

— Mesmo que pareça não ter usado muito tempo... — observou Otake. — Mesmo que tenha jogado muito rápido...

O mestre se voltou à garota dos registros e perguntou:

— Quanto usei no *boshi*[60]?

— Dezesseis minutos — respondeu a garota.

— E no *tsukiatari*[61]?

— Vinte minutos.

---

60. No go, "chapéu". Coloca-se uma pedra na posição mais próxima do centro do tabuleiro, deixando um espaço em relação à do adversário. É uma jogada para impedir a expansão de território do oponente.
61. "Choque", "bater contra algo". Quando há um espaço entre uma pedra e a do adversário, coloca-se uma para preencher o espaço.

Otake interveio:

— A *tsunagi*[62] foi demorada.

— A branca 58? — prosseguiu o mestre.

Após consultar o registro da tabela do tempo, a garota informou:

— Trinta e cinco minutos.

Ainda parecendo não estar totalmente convencido, o mestre apanhou a tabela do tempo das mãos da jovem e ficou examinando.

Como sou apaixonado pelo banho termal, ainda mais nesse calor de verão, eu sempre ia direto à sala de banho logo que se encerrava a sessão do dia; mas naquele dia, quase na mesma hora que eu, Otake entrou com passos vigorosos.

— Hoje se avançou muito — disse a ele.

— O mestre é muito rápido e sempre joga nos pontos excelentes. É como "dar um bastão metálico a um ogro".[63] Sinto que a partida vai acabar logo, logo. — Otake deu um riso abafado.

Pude sentir a tensão que ainda permanecia no corpo dele. É constrangedor alguém se encontrar face a face com um jogador num lugar fora do recinto de jogo, momentos antes ou logo depois da sessão. A energia transbordante de Otake naquela hora me fazia suspeitar que ele parecia decidido a cumprir seu propósito de vencer. Era possível que o roteiro de ataque implacável estivesse traçado em sua mente.

---

62. "Conexão". Coloca-se a pedra no local ameaçado de ser cortado pelo adversário.

63. Provérbio: "Quem é naturalmente forte fica ainda mais poderoso com uma arma."

— O mestre joga muito rápido — também observou, admirado, Onoda, sexto dan. — Com essa rapidez, ele conseguirá jogar com bastante folga dentro do limite de onze horas fixado para o grande torneio do nosso Ki-in. Sei que foram pontos complicados. Aquele *boshi* das brancas, por exemplo, não foi um lance dos mais fáceis...

Em quatro sessões, até 16 de julho, o tempo gasto por cada lado tinha sido: as brancas, quatro horas e 38 minutos; e as pretas, seis horas e 52 minutos. No final da quinta sessão, em 21 de julho, porém, a diferença entre os tempos totais crescera muito: as brancas despenderam cinco horas e 57 minutos; e as pretas, dez horas e 28 minutos.

Depois disso, no final da sexta sessão, em 31 de julho, o tempo das brancas somara oito horas e 32 minutos; e o das pretas, doze horas e 43 minutos. E ao término da sétima sessão, em 5 de agosto, dez horas e 31 minutos haviam sido gastos pelas brancas e quinze horas e 45 minutos pelas pretas.

Contudo, na décima sessão, em 14 de agosto, a diferença entre os tempos totais diminuíra: quatorze horas e 58 minutos do lado branco contra dezessete horas e 47 minutos do preto. Naquele dia, depois de fechar a partida com a branca 100, o mestre fora internado no hospital São Lucas. No confronto do dia 5 de agosto, o mestre, que padecia pelo agravamento da doença, precisara refletir por um longo tempo — duas horas e sete minutos — para decidir um único lance, a branca 90.

Em toda a partida, que terminou no dia 4 de dezembro, mestre Shusai consumiu dezenove horas e 57 minutos; e Otake, sétimo dan, 34 horas e dezenove minutos. Houve, portanto, uma espantosa diferença de quatorze ou quinze horas entre os dois.

17

Dezenove horas e 57 minutos é quase o dobro do tempo gasto normalmente em partidas de go; apesar disso, ainda restavam mais de vinte horas para o mestre. Da mesma forma, no caso de Otake, sétimo dan, que usou 34 horas e dezenove minutos, ele poderia ter contado com um pouco menos de seis horas para completar o limite de quarenta horas. Nesta partida, a jogada da branca 130 do mestre foi um erro cometido por imprudência, o lance fatal. Caso não tivesse havido esse descuido, que levou o mestre à derrota, e a partida houvesse continuado por mais tempo com a situação indefinida ou com uma pequena vantagem para um ou outro, Otake teria feito análises mais profundas e chegado a gastar até o último minuto das quarenta horas. Depois da branca 130, Otake deve ter previsto que sairia vencedor. Tanto o mestre quanto Otake são muito persistentes e costumam fazer demoradas reflexões. O estilo de Otake revela um lado aterrador; em geral, ele chega quase a esgotar o tempo e, de repente, vem com o enérgico impulso de fazer cem ou mais jogadas nos minutos finais. Por seu lado, o mestre, que fora disciplinado na época em que não havia restrição de tempo, não seria capaz de tal malabarismo; foi por isso, talvez, que tenha estabelecido o limite de quarenta horas, desejoso de realizar seu último jogo público sem arrependimento, sem ser acossado pela escassez de tempo.

O tempo limite no jogo público com a participação do mestre Shusai era sempre longo em comparação ao dos demais profissionais. Foi de dezesseis horas no confronto com Karigane, sétimo dan, em 1926. Karigane perdeu por esgotamento de tempo. Todavia, mesmo que o lado preto tivesse tido mais tempo, não havia dúvida de que o mestre teria vencido por cinco ou seis pontos. Comentavam que, antes de esgotar o tempo, Karigane devia ter desistido de continuar, como uma revelação de coragem. No confronto com Go Seigen, quinto dan, o tempo foi de 24 horas para cada jogador.

Comparando com essas partidas excepcionalmente prolongadas, quarenta horas do jogo de despedida do mestre eram quase o dobro, e em relação aos jogos ordinários quatro vezes mais. Era como se não existisse a regra de restrição do tempo.

Se essa exorbitante condição de quarenta horas foi proposta pelo mestre, pode-se dizer que ele próprio assumiu um pesado fardo. Ou seja, acabou criando a situação de ter que aguentar as longas horas de reflexão do oponente, enquanto suportava o padecimento da própria enfermidade. O tempo de 34 horas gasto por Otake foi uma prova disso.

A continuação da partida a cada cinco dias também foi uma medida tomada em consideração ao estado de saúde do idoso mestre; no entanto, ficou evidente que o resultado foi inverso, proporcionando uma carga a mais para ele. Supondo que ambos os jogadores tivessem gasto todo o tempo disponível, de oitenta horas ao todo, e cada confronto tivesse durado cinco horas, seriam dezesseis sessões; e supondo ainda que tudo tivesse ocorrido sem contratempos, considerando que era um encontro a cada cinco dias, o jogo todo teria levado três meses. Qualquer um que conhece o espírito do go sabe também que é impossível manter a necessária concentração por tanto tempo, bem como a mesma disposição de elevada tensão numa partida de três meses. Era o mesmo que desgastar corpo e alma do jogador de um modo inútil. Já que durante a realização do jogo o tabuleiro persegue o jogador, quer dormindo, quer acordado, quatro dias de intervalo entre uma sessão e outra, em vez de proporcionar descanso, acabam por aumentar o desgaste.

Depois que o mestre adoecera, o recesso de quatros dias se tornou um encargo ainda maior. Isso era óbvio para o mestre, bem como para os organizadores do evento, que queriam terminar a partida o quanto antes, não apenas pelo desejo de vê-lo aliviado do fardo, mas porque sentiam a ameaça de que qualquer dia o mestre cairia gravemente doente.

Ainda em Hakone, o mestre comentara com a esposa que sua vontade era terminar a partida o mais cedo possível, independente do resultado, pois sentia muita aflição.

— Ele nunca tinha me falado uma coisa dessas... — disse a esposa, tristonha.

Contaram-me que, em certa ocasião, ele disse a um dos organizadores:

— Enquanto continuar esta partida, minha doença não vai melhorar. Por vezes, chego a pensar, ainda que de modo passageiro, que se eu desistisse agora me sentiria aliviado. Mas é impossível cometer semelhante infidelidade para com a arte... — disse o mestre e em seguida abaixou a cabeça. — É óbvio que não pensei nisso seriamente. A ideia passou pela minha cabeça quando eu estava angustiado... — acrescentou.

Deve ter sido uma situação de fato muito preocupante, mesmo que fosse uma confidência feita entre os mais próximos. Até então, nunca o mestre se queixara de algo ou demonstrara fraqueza em qualquer situação. No decorrer de meio século de sua carreira de profissional de go, não haviam sido poucas as vezes em que obtivera a vitória por ser apenas um pouco mais perseverante do que seu adversário. Do mesmo modo, o mestre não mostrava o menor traço de exagerar na revelação de sua dor ou infelicidade.

18

Alguns dias depois do reinício em Itô, perguntei ao mestre se ele pretendia se internar no hospital ou, como de costume, passar o inverno em Atami quando o jogo terminasse. Respondeu-me como se me abrisse o coração:
— Pois é... Na verdade, a questão é se conseguirei aguentar até lá... O fato é que estou até admirado por não ter caído doente. Não imagino a razão, pois não tenho vivido com pensamentos profundos, nem tenho nenhum tipo de crença religiosa; a responsabilidade como um profissional de go não tem sido suficiente para me sustentar até estes dias. Poderia atribuir a uma espécie de força espiritual, mas mesmo assim...
Ele falava com lentidão, inclinando um pouco a cabeça para o lado.
— Enfim, talvez eu seja um ser insensível — continuou o mestre. — Um distraído, entende?... Quem sabe se foi melhor assim, por eu ser um distraído? O significado do termo "distraído"[64] é diferente em Tóquio e em Osaka. Em

---

64. No original, "*bon'yari*", que pode significar "distraído", "obtuso", "indistinto", "indefinido", etc.

Tóquio, significa "pessoa obtusa"; em Osaka, trata-se, por exemplo, de uma pintura, é "deixar esta parte de modo indistinto"; mas no go quer dizer "jogar uma pedra de forma provisória". Não é assim? Eu saboreava as palavras do mestre, que falava como se degustasse cada termo. Era raro o mestre revelar seus pensamentos íntimos de maneira tão aberta. Sua natureza era de não exprimir os sentimentos nem em semblante e nem nas palavras. Eu, que o vinha observando de perto na qualidade de repórter do jogo, por vezes sentia uma fragrância especial em sua figura ou em palavras insignificantes.

Zekken Kogetsu, que desde 1908, quando Shusai sucedera o título de Hon'inbo, auxiliava-o em diversas ocasiões e havia sido assistente no preparo dos livros publicados pelo mestre, escreveu mais tarde que, no decorrer dos trinta e tantos anos em que lhe servira, jamais recebeu dele uma simples palavra de agradecimento ou pedido de colaboração. Por causa disso, pensara que ele era uma pessoa fria e cruel. Quando se espalhou o rumor de que Zekken agia segundo as instruções do mestre, este se manteve inabalável, sem demonstrar interesse algum no caso. Zekken contestou que também seria uma crítica errônea qualificar o mestre de sovina, pois tinha várias provas em contrário.

Durante o jogo de despedida, o mestre também não pronunciou nenhuma vez as saudações costumeiras. Era a esposa quem dizia em seu lugar as saudações ou dava os outros cumprimentos que convinham para cada ocasião. Não era por se sentir esnobe pela posição de mestre, mas ele era assim mesmo, independente dos costumes sociais.

Quando alguém ligado ao mundo do go vinha consultá-lo, o mestre dizia apenas "Ah, sim..." e permanecia com ar distraído, o que tornava difícil saber sua opinião. Imaginei que algumas vezes pudesse ocorrer uma situação embaraçosa por não se poder insistir numa pergunta com alguém que ocupa uma posição absoluta como mestre de go. Diante das visitas, era comum a esposa servir de assessora ou intermediadora. Quando o marido continuava com ar vago, ela ficava impaciente e procurava amenizar a situação constrangedora.

Essa faceta da natureza do mestre — insensibilidade e fraca intuição, dificuldade para compreensão, ou o que ele próprio chamava de distração — era bem aparente em algum entretenimento ou nos jogos que praticava com maior paixão. Sem falar do *shogi* e do *renju*, naturalmente, até no bilhar e no *majongue* o mestre refletia bastante tempo, aborrecendo os companheiros do jogo.

Algumas vezes, o mestre, Otake e eu jogamos bilhar na hospedaria em Hakone. O escore de setenta pontos do mestre indicava sua pouca habilidade.

— Eu fiz 42 pontos; e Go Seigen, quatorze... — contava Otake, atentando aos detalhes, o que era próprio de um jogador de go.

Sempre que chegava sua vez, o mestre demorava muito; além de pensar sem a menor pressa, mesmo estando postado para tacar, incontáveis vezes deslizava a mão ao longo do taco com toda a cautela. Acredito que o movimento e a velocidade da bola e do corpo humano colaboram para se obter um bom resultado, o que vale também no caso do bilhar, mas não havia um fluxo no movimento do mestre.

Eu ficava impaciente ao observar sua mão deslizando no taco. Contudo, enquanto observava, sentia uma nostalgia enternecedora.

Quando jogávamos *majongue*, ele colocava as pedras enfileiradas sobre um lenço de papel japonês dobrado em forma oblonga. Tanto o modo de dobrar como o de enfileirar eram bem cuidadosos e caprichados; perguntei o motivo, pensando que fosse mania de perfeição.

— Ah, sim. Se colocamos sobre uma folha branca, fica nítido e é mais fácil ver as pedras. Experimente o senhor também — respondeu.

No *majongue*, também creio que a movimentação rápida das pedras daria dinamismo ao jogo, mas o mestre refletia demoradamente e movimentava as pedras com lentidão. Passava do limite de ser entediante, os companheiros da mesa acabavam perdendo o interesse. Entretanto, indiferente com o sentimento dos outros, o mestre estava imerso no próprio pensamento. Tampouco ele notava que os outros o acompanhavam com má vontade.

19

— Não se pode conhecer o caráter do oponente num jogo de go ou *shogi* — disse o mestre, certa vez. — Tentar descobrir o caráter do oponente através do jogo é contrário ao espírito do go, seria uma heresia. — Ele falava dos jogos amadores de go. Talvez estivesse revoltado com as críticas irresponsáveis a respeito disso. E continuou: — No meu caso, eu logo mergulho fundo no espírito do go, em vez de me preocupar com o oponente.

No dia 2 de janeiro do ano em que o mestre morreu, ou seja, quinze dias antes da sua morte, ele participou de uma partida encadeada de go na abertura oficial do ano do Nihon Ki-in. Cada jogador que compareceu ao Ki-in sentava ao tabuleiro para fazer cinco jogadas e se retirava; era como se deixasse seu cartão de visita. Como havia uma longa fila de espera, foi instalado mais um tabuleiro. Quando esse novo jogo avançou até o vigésimo movimento, o mestre, vendo que Seo, primeiro dan, estava sem parceiro, foi atendê-lo. Cada um jogando cinco vezes, a partida avançou da preta 21 à branca 30. Depois, não havendo mais ninguém para continuar, coube ao mestre definir o *fujite* para suspender o jogo. Todavia, para decidir esse trigésimo movimento, ele refletiu por quarenta minutos. Deveria ter jogado com mais descontração, pois, além de não haver continuidade, era apenas uma partida de entretenimento para festejar o Ano-Novo.

Durante sua internação, fui vê-lo no hospital São Lucas. Os móveis e acessórios da enfermaria eram grandes, feitos de acordo com a constituição física dos americanos. Sentado sobre a cama grande e alta, o mestre, que era um homem miúdo, causava uma impressão frágil. Ainda restava um pouco do inchaço do rosto, mas notava-se que as bochechas estavam um pouco mais cheias; no entanto, antes de tudo, havia uma leveza no seu aspecto por ter se livrado do pesado fardo que lhe oprimia o coração. Estava muito diferente daquele mestre do período da partida, era um idoso simples e acessível.

O pessoal do jornal patrocinador do jogo de despedida que se encontrava ali contou que os temas com prêmio, que aparecem semanalmente no jornal, estavam fazendo grande sucesso. Em cada sábado, o jornal apresentava um desafio ao leitor, em que questionava qual seria o próximo movimento. Eu juntei minhas palavras às desses jornalistas.

— O tema desta semana é o movimento 91 das pretas — comentei.

— 91...? — A expressão do mestre era de quem olha o tabuleiro.

Eu me arrependi, pois me dei conta de que não deveria falar nada que tivesse relação com o go, mas continuei:

— A branca saltou um espaço vazio, e a preta 91 aplicou um *hane*.[65]

---

65. No go, estando lado a lado com a pedra do adversário, coloca-se uma pedra na posição acima daquela.

— Ah, aquilo... Só há duas maneiras: ou *hane* ou *nobi*.[66] Haverá muitos acertadores.

Enquanto falava, o mestre esticou a coluna, sentando-se sobre as pernas, de modo formal, e levantou a cabeça. Era a sua postura diante do tabuleiro. Assumiu um ar imponente, rijo e vigoroso. Por um tempo considerável, o mestre parecia estar em transe, defrontando a partida no vazio.

Sua atitude de um apaixonado pela arte, que não menospreza nem um movimento, como naquela hora e também no jogo encadeado do Ano-Novo, provinha mais de sua natureza do que da responsabilidade que sentia em virtude de sua posição de mestre de go.

Apanhado por ele para fazer companhia no *shogi*, até um jovem acabava tonto e exausto. Um ou dois exemplos desses eu vi de perto. Quando jogou com Otake, durante nossa estadia em Hakone, com um handicap em que as peças de "lanceiro" foram suprimidas, a partida começou às dez da manhã e terminou às seis da tarde. Numa outra ocasião, depois do jogo de despedida, o *Diário de Tóquio* promoveu três partidas de go em série entre Otake, sétimo dan, e Go Seigen, sexto dan, nas quais o mestre foi comentarista, e fui encarregado da reportagem do segundo jogo. Naquele dia, Kuranosuke Fujisawa, quinto dan, que estava lá assistindo, foi apanhado pelo mestre para uma partida de *shogi*; começaram a jogar antes do meio-dia e entraram pela noite, até as três da manhã. Naquela mesma manhã, logo que encontrou Fujisawa, o mestre preparou o tabuleiro de *shogi*. Assim era o mestre.

---

66. Ao sofrer um *hane*, coloca-se uma pedra ao lado da sua própria.

Após o reinício do jogo de despedida em Hakone, em 11 de julho, Sunada, repórter de go do *Diário de Tóquio*, ficou hospedado em Naraya, incumbido também de observar o mestre. Na véspera da sessão seguinte, programada para o dia 16, Sunada nos contou:

— O mestre me surpreende. Nesses quatro dias desde a última sessão, logo que me levantei de manhã, ele mandou me chamar para o bilhar, e jogamos dias inteiros. O mestre joga até tarde da noite, todos os dias; deve ser muito mais do que um gênio, um super-homem.

Soube que ele jamais se queixou, nem mesmo à sua esposa, de que ficara cansado ou se sentira exausto depois de um confronto. A senhora costuma contar um episódio como exemplo da profundidade da sua absorção no jogo. Eu também escutei essa história dela em Naraya.

— Foi no tempo em que morávamos em Kogaicho, no bairro Azabu... Como não era uma casa muito grande, a sala de dez tatames era usada tanto para partidas quanto para exercícios de treinamento, e, infelizmente, a contígua, de oito tatames, era a sala de estar. E, às vezes, recebíamos visitas que riam alto ou faziam algazarra, o senhor sabe. Certa vez, bem na hora em que meu marido jogava go com alguém, minha irmã apareceu para me mostrar seu bebê recém-nascido; mas, bem coisa de bebê, a criança chorava o tempo todo, e eu então fiquei aflita, pois poderia perturbar o jogo. Até pensei se ela não poderia ir embora logo, mas fazia muito tempo que não nos víamos e eu não podia lhe pedir semelhante coisa, até pelo motivo feliz da visita. Depois que minha irmã foi embora, pedi desculpas ao meu marido pelo barulho, mas ele não tinha reparado em nada, nem na visita da minha irmã, nem no choro do bebê.

E a senhora acrescentou:

— O falecido Ogishi costumava dizer que queria chegar ao estado do meu marido o quanto antes, e praticava exercícios de meditação todas as noites, antes de se deitar, sentado sobre o leito. Naquela época, praticava-se o método Okada de meditação, o senhor sabe.

Ogishi, a quem ela se referiu, era Soji Ogishi, sexto dan, o discípulo favorito do mestre, que o considerava legítimo sucessor do título de Hon'inbo. Comentava-se que o mestre "depositava toda a esperança nele"; porém, esse discípulo faleceu em janeiro de 1924, com apenas 27 anos. Nos últimos anos de sua vida, muitas vezes o mestre parecia se recordar dele com saudade.

Aconteceu algo semelhante àquele episódio quando Taketomo Nozawa, na época quarto dan, foi jogar com o mestre na sua residência. As algazarras que os jovens discípulos internos do mestre faziam no dormitório deles eram ouvidas na sala de jogo. Nozawa foi até lá e chamou a atenção dos rapazes, alertando que seriam repreendidos mais tarde pelo mestre. Entretanto, o mestre não percebera barulho algum.

20

— Mesmo durante o almoço, enquanto comia ficava olhando o vazio com ar compenetrado, sem dizer uma única palavra... Deve ter sido um movimento bem difícil — comentava a esposa sobre a sessão do dia 26 de julho, o quarto confronto em Hakone. — Parecia que não tinha consciência de que estava à mesa de refeição. Eu disse que desse jeito o estômago não trabalha. Na hora de comer tem que prestar atenção no que se come, senão vai fazer mal à saúde. Ele fez cara de desagrado e logo voltou a encarar o vazio.

Aquele ataque severo da preta 69 deve ter sido inesperado para o mestre, que mergulhou em reflexão por uma hora e 44 minutos para decidir o movimento de contra-ataque. Foi seu tempo mais longo desde o início desta partida.

Todavia, Otake deve ter planejado esse ataque por cinco dias. Na manhã daquele dia, quando começou a sessão, ele mal refreava a vontade de avançar logo, mas se conteve e reexaminou a situação por cerca de vinte minutos. Nesse meio tempo, devido à força interior que vinha crescendo, seu corpo começou a balançar forte, e ele se aproximou do tabuleiro, avançando um dos joelhos. Em sequência à preta 67, bateu com força a preta 69.

— A chuva ou a tempestade?! — disse, e deu uma sonora gargalhada.

Nesse exato momento, desabou um temporal, alagando o gramado do jardim; a chuva e o vento batiam com violência nas portas envidraçadas, que foram fechadas às pressas. Otake lançara a pilhéria muito satisfeito consigo mesmo, mas parece que também fora um grito de orgulho.

Quando viu a preta 69, uma expressão incerta cruzou o rosto do mestre, como se tivesse um presságio. No mesmo instante, como se fingindo de bobo, fez uma careta engraçada. Só esse fato insignificante era algo notável para o mestre.

Mais tarde, quando se realizavam as sessões em Itô, as pretas fizeram um lance incrível, que levantava a suspeita de ser apenas um *fujite* para fechar o jogo; o mestre, furioso, pensou em abandonar tudo, achando que o jogo fora maculado. Mal chegou o intervalo para o almoço, o mestre deixou escapar para nós sua indignação, mas mesmo nessa ocasião nada transparecia na fisionomia do mestre diante do tabuleiro. Ninguém percebeu a perturbação que agitava seu coração.

Pensando desse modo, a preta 69 deve ter sido o relampejo de um punhal. No mesmo instante, o mestre mergulhou em profunda reflexão. Chegou a hora do almoço. Mesmo depois que o mestre deixara a sala, Otake permaneceu em pé junto ao tabuleiro.

— Alcançamos um ponto terrível. É o clímax da partida — disse, olhando a formação do tabuleiro com pena de se afastar dali.

— É um ataque violento — observei.

— Eu sempre tenho que pensar muito... — Otake riu alegremente.

Não obstante, após o almoço, assim que retomou seu lugar, o mestre lançou a branca 70. Era uma prova indisfarçável de que, durante o intervalo para a refeição, que não é incluso no tempo regulamentado, o mestre continuou pensando no seu próximo passo; nem lhe ocorreu fingir que não estivesse refletindo sobre essa sua primeira jogada, para que ninguém pensasse que ele continuava concentrado na partida. Em vez disso, durante a refeição ficou de olhos pregados no vazio.

21

O ataque da preta 69 foi chamado de "golpe diabólico". Mais tarde, mesmo o mestre reconheceu que fora uma pontaria certeira própria de Otake. O mestre precisou de uma hora e 46 minutos para refletir sobre o movimento 70, pois, caso errasse na defesa, perderia o controle do tabuleiro. Na sessão ocorrida dez dias depois, em 5 de agosto, o tempo gasto para a branca 90 foi de duas horas e sete minutos, o mais longo tempo de deliberação do mestre nessa partida. O segundo mais longo foi este da branca 70.

O árbitro Onoda, sexto dan, comentou com admiração que, se a preta 69 havia sido um golpe diabólico de ataque, a branca 70 fora uma extraordinária jogada de defesa. O mestre remediara a ameaça iminente, aguentando firme a perigosa situação. A fim de contornar a dificuldade, cedera um passo. Não deve ter sido nada fácil realizar essa jogada magnífica. Com esse único movimento, conseguiu atenuar a impetuosidade do ataque certeiro das pretas. Percebia-se que o lado preto havia arrebatado o que lhe opunha resistência, mas o lado branco ficou mais aliviado, livrando-se dos ferimentos.

Quando Otake disse "chuva ou tempestade", um temporal repentino escureceu o céu e as luzes foram acesas. O reflexo das pedras brancas na superfície do tabuleiro sobrepunha-se à imagem do mestre, e a ventania e a chuva torrencial no jardim tornavam ainda mais perceptíveis o silêncio e o sossego da sala do jogo.

Não demorou muito, o temporal passou. A neblina escoava nas encostas das montanhas, e o céu na direção de Odawara, do lado de baixo do rio, começava a clarear. O sol iluminou a montanha além do vale, as cigarras do tipo *min--min* voltaram a cantar, e as portas envidraçadas da varanda foram abertas. Enquanto Otake decidia a preta 73, quatro cachorrinhos pretos brincavam no gramado. Mais uma vez, o céu voltou a ficar encoberto por finas nuvens.

Choveu no início daquele dia. Nessa manhã, durante a partida, Masao Kume[67] ficou na varanda, sentado numa cadeira.

— Como é agradável ficar sentado aqui — murmurou com emoção. — Deixa o estado de espírito sereno e transparente.

Fazia pouco tempo que Kume assumira o cargo de editor de artes do *Diário de Tóquio*. Ele viera na noite anterior para assistir ao jogo. Era algo raro nos últimos tempos que um escritor se tornasse editor de artes de um jornal. O go era um assunto do Departamento de Arte.

Como Kume não entendia quase nada de go, preferiu ficar sentado na varanda, ora olhando as montanhas, ora os jogadores. Não obstante, as ondas que agitavam o coração

---

67. Masao Kume (1891-1952), escritor, poeta e crítico literário. Foi discípulo de Natsume Soseki (1867-1916).

dos jogadores de go eram sentidas por Kume; e, quando o mestre mergulhava em reflexão com o semblante doloroso, uma expressão semelhante de dor surgia na face bondosa e sorridente de Kume.

Por falar em não entender o go, eu não ficava muito atrás dele; mesmo assim, assistindo de perto, comecei a sentir que as pedras imóveis sobre o tabuleiro falavam como se fossem criaturas vivas. O som das batidas das pedras no tabuleiro chegava aos meus ouvidos como se ressoasse na imensidão do outro mundo.

O local da partida era no segundo anexo da hospedaria, onde havia três salas: uma de dez tatames, e duas de nove. No *tokonoma* da maior sala, havia um arranjo com uma mimosa rósea.[68]

— Esta flor parece que vai trazer chuva — disse Otake.

Nesse dia, avançaram quinze movimentos, e o *fujite* foi feito pela branca 80.

O mestre, absorto, não escutou a jovem encarregada dos registros anunciar a aproximação das quatro da tarde, hora de encerramento da sessão. Ao lado do mestre, a garota hesitava, inclinando-se um pouco. Otake disse em seu lugar:

— Mestre, vai decidir pelo *fujite?*

Era como se tentasse acordar uma criança. Só então o mestre escutou e murmurou algo. Mas a voz saiu rouca e ninguém entendeu o que ele disse. Pensando que o *fujite* estava definido, Yawata, secretário do Nihon Ki-in, foi buscar o envelope, mas o mestre continuou ainda por longo tempo com ar distraído, como se não tivesse nada a ver com

---

68. Espécie nativa do Japão (*Albizia julibrissin*).

o assunto. Então, com a expressão de quem custava a voltar à realidade, disse:

— Ainda não decidi.

Pensou mais dezesseis minutos. O tempo gasto para a branca 80 foi de 44 minutos.

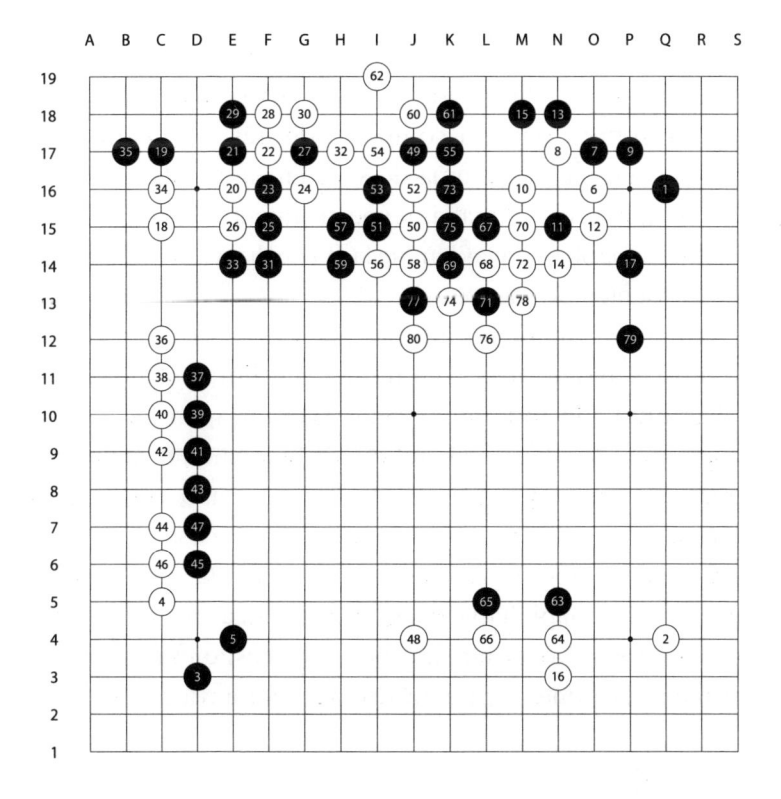

22

No dia 31 de julho, o local do jogo foi o chamado "Novo Espaço Nobre", que era composto de três salas contíguas, duas de oito tatames e uma de seis. Em cada sala havia um quadro com uma caligrafia, respectivamente de Sanyo Rai[69], Tesshu Yamaoka[70] e Gakkai Yoda.[71] Localizavam-se em cima dos aposentos do mestre.

Junto ao corredor, pegado aos aposentos do mestre, havia hortênsias avolumadas com numerosas florezinhas. A borboleta-cauda-de-andorinha preta voltou a aparecer, esvoaçando ao redor das flores, refletindo sua nítida imagem nas águas da fonte. As glicínias do caramanchão cobriam as marquises com densas camadas de folhas viçosas.

Quando o mestre deliberava a branca 82, um som de água sendo chapinhada chegou até a sala do jogo, e fui ver o que era. No jardim, a esposa do mestre estava parada no meio da ponte de pedra do lago e atirava pedaços de

---

69. Sanyo Rai (1780-1832). Historiador, poeta, pintor e escritor.
70. Tesshu Yamaoka (1836-1888) foi samurai e famoso espadachim. Depois da Restauração Meiji, tornou-se estadista e pensador.
71. Gakkai Yoda (1834-1909), escritor e crítico literário. Foi professor de Ogai Mori (1862-1922).

pãozinho de glúten. O barulho na água era das carpas que se aglomeravam, atraídas pelo alimento.

A senhora me dissera naquela manhã:

— Passei uns dias em casa, pois chegou uma visita de Kyoto. Estava bem fresco em Tóquio, foi bastante agradável.

— E acrescentou: — Mas, se fica muito fresco, fico preocupada se ele não vai apanhar um resfriado...

A senhora ainda estava na ponte quando começou um chuvisco. Pouco depois, já era uma chuva de gotas graúdas. Otake também não tomava conhecimento da chuva, mas ouviu algo que lhe chamou a atenção e olhou para o jardim.

— O céu também sofre dos rins — disse Otake.

Realmente, era um verão muito chuvoso. Desde que chegamos a Hakone, não tivemos nenhum dia de sessão com bom tempo. Além do mais, o sol e a chuva sucediam-se de forma muito inconstante. Isso acontecia também nessa última chuva. Otake afundava numa reflexão sobre a preta 83 e mal teve tempo de perceber que o sol brilhava nas flores de hortênsia, que o verde da montanha tornara-se luminoso como se tivesse sido lavado, e que logo em seguida voltou a ficar nublado.

O tempo de reflexão para a preta 83 prolongou-se por uma hora e 48 minutos, ultrapassando o recorde de uma hora e 46 minutos, batido pela branca 70. Otake apoiou-se com ambas as mãos no tatame, deslizou seu corpo um pouco para trás, com o coxim e tudo, e fixou o olhar na região da borda direita do tabuleiro. Depois, cruzou os braços, enfiando as mãos na abertura entre o quimono e o peito, e comprimiu várias vezes o ventre. Era prenúncio de um longo período de deliberação.

O jogo estava chegando à fase intermediária, e cada movimento exigia atenção extrema. Ainda não se podia fazer a estimativa dos escores finais, mas estavam a um passo disso, pois os territórios das brancas e das pretas estavam ficando evidentes. Era o momento de definir a estratégia: se começariam a traçar as linhas de fronteira, ou se invadiriam o campo do adversário, ou ainda se um desafiaria o outro a lutar em algum ponto. Teriam que avaliar a tendência geral do jogo e planejar as etapas seguintes.

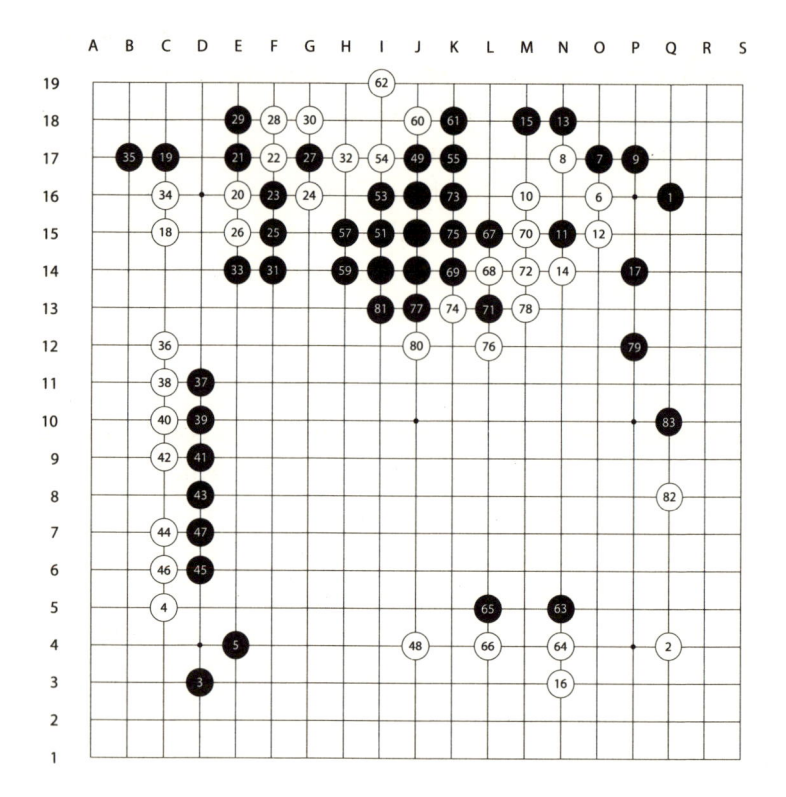

O doutor Felix Dueball, que aprendera go no Japão e, ao retornar à Alemanha, ficara conhecido como o "Hon'inbo alemão", enviou um telegrama ao mestre, congratulando-o pelo jogo de despedida. A fotografia dos dois jogadores lendo o telegrama apareceu no jornal daquela manhã.

Logo após o *fujite* do dia, feito pela branca 88, o secretário Yawata disse:

— Minhas congratulações, mestre, pelo *beiju*.[72]

Embora o mestre estivesse mais magro do que antes, quando suas bochechas e o pescoço já pareciam impossíveis de emagrecer mais, sua saúde parecia melhor do que naquele dia 16 de julho, que fora excessivamente quente. Isso porque, talvez, os ossos ficaram mais visíveis por ele ter perdido a carne das bochechas, mas o mestre estava cheio de entusiasmo.

Ninguém imaginava que na sessão seguinte, daí a cinco dias, o agravamento da doença viria a derrubá-lo.

Entretanto, quando Otake jogava a preta 83, o mestre se levantou abruptamente, como se mal pudesse esperar o momento. Toda a exaustão que sentia veio à tona. Era meio-dia e 27 minutos, hora do intervalo para o almoço; mas nunca antes o mestre se levantara assim do tabuleiro, com jeito de quem abandonaria o jogo.

---

72. Comemoração do aniversário de 88 anos.

23

— Eu temia que fosse acontecer algo assim. Tinha rezado muito aos deuses, mas parece que minha fé não foi suficiente. — disse-me a esposa do mestre na manhã do dia 5 de agosto. E continuou: — Estava tão preocupada que acontecesse uma coisa dessas. Talvez porque tenha me preocupado demais... Já que acabou acontecendo, não há nada a fazer além de orar aos deuses.

Eu era apenas um repórter curioso e estava com minha atenção presa ao mestre como o herói da batalha; agora, ao escutar essas palavras da esposa, que conviveu longos anos com ele, fui apanhado de surpresa e fiquei sem saber o que responder.

Eu soube que, devido a esse jogo, a doença cardíaca crônica do mestre se agravara e desde há muito tempo ele sentia uma angústia no peito. No entanto, não comentava com ninguém.

Por volta do dia 2 de agosto, apareceu um inchaço no rosto e ele começou a sentir dores no peito.

O dia 5 era a data estabelecida para mais um confronto. Entretanto, na parte da manhã, a sessão duraria apenas duas horas. Antes, o mestre esperava uma consulta médica.

— E o doutor...? — perguntou o mestre. Ao saber que ele havia ido a Sengokuhara atender uma emergência, decidiu.
— Ah, sim. Então vamos começar.

O mestre sentou-se diante do tabuleiro, segurou calmamente a taça de chá, envolvendo-a com as palmas das mãos, e sorveu o líquido quente. Em seguida, fechou de leve as mãos sobre os joelhos, e seu torso assumiu a posição reta, adquirindo vitalidade. Porém, a expressão do rosto parecia a de uma criança prestes a cair no choro, pois projetava para frente os lábios apertados com firmeza. As bochechas estavam intumescidas; e as pálpebras, inchadas.

A sessão foi iniciada quase à hora combinada, às dez horas e dezessete minutos. Nessa manhã, a névoa matinal também se transformou em violenta chuva; mais tarde, no entanto, o céu começou a clarear pelos lados da jusante do rio Hayakawa.

O *fujite* feito pela branca 88 foi aberto, e às dez horas e 48 minutos Otake jogou a preta 89. Depois disso, passou o meio-dia e se aproximava uma e meia, mas o movimento da branca 90 ainda não estava definido. Suportando o tormento da doença, o mestre despendeu um enorme esforço na deliberação de duas horas e sete minutos. Durante esse tempo, ele manteve sua postura ereta. Ao contrário do que se esperava, o inchaço do rosto diminuiu. Por fim, foi decidido o recesso para o almoço.

O intervalo costumeiro de uma hora foi estendido para duas horas, durante as quais o mestre foi analisado pelo médico.

Otake contou que sofria de má função digestiva e que estava tomando três tipos de remédios. Tomava, além disso, um medicamento para prevenir uma anemia encefálica. Já acontecera de Otake desmaiar durante uma partida.

— Em geral isso acontece quando se juntam três fatores: o jogo vai mal, não tenho mais tempo e quando estou indisposto.

E, sobre a doença do mestre, disse:

— Eu não estou com nenhuma vontade de continuar a partida, mas o mestre insiste em continuar de qualquer maneira.

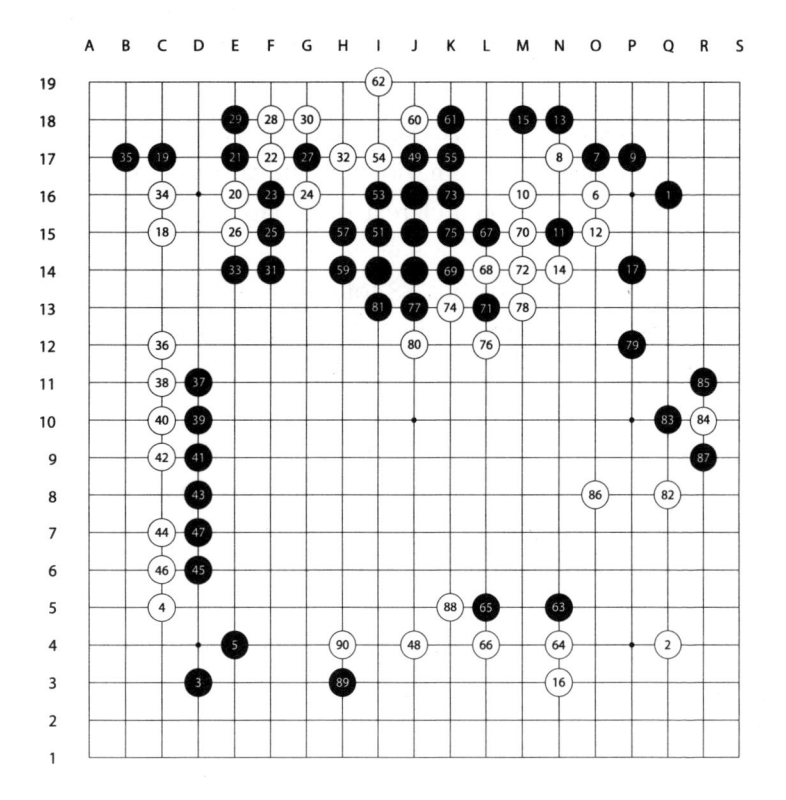

Após o intervalo, antes que retornássemos à sala do jogo, o *fujite* com a branca 90 fora definido.

— Muito obrigado, mestre. Imagino que tenha ficado cansado — Otake apresentou solidariedade.

— Perdoe-me por causar tantos contratempos — desculpou-se o mestre, o que era raro.

Logo depois o jogo foi suspenso.

— O inchaço do rosto não me preocupa, o que me incomoda é aqui, onde acontecem várias coisas.

Passando a mão em movimento circular no peito, o mestre explicava sua aflição ao editor de artes Kume e aos demais que se encontravam no recinto.

— Uma hora sinto a respiração ofegante; em outras horas, palpitação ou uma opressão no peito, é como se me apertassem com força... Penso que ainda sou jovem. Mas depois dos cinquenta comecei a sentir a idade.

— Será bom se o espírito de luta superar a idade — disse Kume.

— Mestre, eu já sinto que estou ficando velho, apesar dos meus trinta anos — disse Otake.

— Isso é muito cedo — respondeu o mestre.

Sentado com Kume e os demais na antessala do local do jogo, o mestre ficou conversando por algum tempo, falando das lembranças do tempo de infância, como quando foi assistir a uma cerimônia de revista num navio de guerra no porto de Kobe e pela primeira vez vira luz elétrica.

— Estou em apuros, pois fui proibido de jogar bilhar por causa da doença. Mas um pouco de *shogi* não fará mal. Vamos. — Riu e se levantou.

"Um pouco" do mestre não quer dizer "um pouco". Vendo o estado do mestre, que logo se mostrou disposto a desafiá-lo para um jogo, Kume aconselhou:

— É melhor jogarmos *majongue*, pois não precisamos usar a cabeça.

No almoço, o mestre comeu apenas um mingau de arroz e conserva de *ume*.

24

A notícia da enfermidade do mestre devia ter chegado a Tóquio, por isso Kume viera. Nobuaki Maeda, sexto dan, discípulo do mestre, também apareceu. Os árbitros Onoda e Iwamoto, ambos sexto dan, chegaram em 5 de agosto. O mestre de *renju* Takagi fez uma visita a caminho de sua viagem, e Doi, oitavo dan de *shogi*, que estava passando uma temporada em Miyanoshita, também veio ver o mestre. A hospedaria ficou movimentada com os jogos de entretenimento.

Seguindo o conselho de Kume, o mestre evitou o *shogi* e decidiu jogar *majongue*, ao qual se juntaram, além de Kume, Iwamoto e o repórter Sunada. Todos se preocupavam como se tocassem em um abcesso; no entanto, o mestre, absorto no jogo, logo mergulhou numa longa reflexão.

— Por favor — disse a esposa, preocupada —, se pensar assim tão seriamente, vai voltar o inchaço no rosto. — Ela lhe confidenciava ao ouvido, mas ele parecia não escutar.

Ao lado deles, eu aprendia com o mestre Rakuzan Takagi um jogo chamado "*renju* móvel"[73] ou "cinco pontos móveis".

---

73. Uma variação de *renju* que envolve um número limitado de pedras e uma parte do tabuleiro.

Além de ser talentoso em todos os tipos de entretenimento, o mestre Takagi sabia criar novas maneiras de jogar; ele era o tipo de pessoa que animava o ambiente onde se encontrasse. Nesse dia, ele me contou sua ideia de um novo jogo, que denominou de "*hakoiri musume*".[74]

Após o jantar, o mestre voltou a jogar com o secretário Yawata e o repórter Goi, dessa vez o *ninuki renju*, até tarde da noite.

Maeda deixou a hospedaria à tarde, após conversar brevemente com a esposa do mestre. Como ele era cunhado de Otake e aluno do mestre, Maeda evitara se encontrar com os jogadores, temendo eventuais mal-entendidos e boatos que pudessem surgir. Talvez se lembrasse daquele confronto do mestre com Go Seigen, quinto dan, quando se espalhou o boato de que havia sido Maeda quem tivera a inspiração do genial lance da branca 160.

Na manhã do dia 6, o doutor Kawashima veio de Tóquio, por intermédio do *Diário de Tóquio*, para examinar o mestre. O problema que o acometia era o mau fechamento da válvula da aorta.

Terminado o exame médico, o mestre se sentou sobre o leito e recomeçou a jogar *shogi*. Onoda lhe fez companhia, e jogaram seguindo o método de "não promover a peça prata" quando se invade o território adversário. Depois disso, encostado no apoio de braço, o mestre ficou

---

74. Literalmente, "filha guardada numa caixa", devido ao excesso de zelo dos pais. O jogo requer um arranjo intrincado em um retângulo de dimensão limitada.

assistindo ao mestre Takagi e Onoda jogarem *shogi* coreano.[75] Mas se impacientou:

— Vamos jogar *majongue* — apressou-os, como se não conseguisse esperar mais.

Todavia, já que eu não entendia nada de *majongue,* faltava uma pessoa.

— E o senhor Kume...? — perguntou o mestre.

— O senhor Kume foi embora, acompanhando o doutor.

— E Iwamoto...?

— Também foi embora.

— Ah, é...? Foi embora? — disse o mestre, com visível desânimo. Fiquei sensibilizado com sua desolação.

Eu também estava voltando para minha casa em Karuizawa.

---

75. São usados somente peões. A peça é capturada quando fica entre as peças do adversário.

25

O doutor Kawashima, de Tóquio, o médico Okajima, de Miyanoshita, e os representantes do jornal e do Nihon Ki-in decidiram, em comum acordo, acatar a vontade do mestre de continuar o jogo. No entanto, a fim de diminuir sua fadiga, em vez de uma sessão de cinco horas a cada cinco dias, passaria a ser um encontro de duas horas e meia a cada três ou quatro dias. Além disso, antes e depois de cada sessão, o mestre se submeteria a um exame médico para que se verificassem suas condições de jogo.

A essa altura, a medida mais acertada para a continuidade do jogo teria sido a de reduzir o número de dias, a fim de liberar o mestre do sofrimento da doença. É certo que permanecer dois, três meses numa hospedaria termal era muito luxo, mas no chamado "sistema de confinamento" os jogadores ficam literalmente "prisioneiros" no mundo do go. Se ao menos pudessem retornar para suas casas nos quatro dias entre uma sessão e outra, poderiam se desligar do go e se distrair, o que aplacaria o cansaço; entretanto, trancafiados na hospedaria onde se realizava a partida, não era possível mudar de ares. Se a duração do jogo fosse de dois ou três dias, ou quando muito uma semana, não haveria problema; porém, prolongar por dois, três meses chegava a ser crueldade com o idoso mestre de 65 anos. Os organizadores não pensaram com a devida profundidade que estariam cometendo uma desumanidade, esquecendo que esse era um caso especial de um período extenso para um jogador idoso, pois o confinamento dos jogadores já é prática usual. O próprio mestre deve ter interpretado as exageradas condições impostas como o coroamento de um herói.

Ele não resistiu e em menos de um mês caiu enfermo.

Contudo, devido a essa situação, as regras do jogo foram alteradas. Esse fato aborreceu Otake, o desafiante. Se o mestre não tinha condições de jogar conforme o estabelecimento inicial, a saída honrada seria abandonar o jogo. Claro que Otake não ousou dizer isso, mas comentou:

— Eu não me sinto restabelecido com três dias de descanso. Não consigo concentrar minha mente e energia de luta numa sessão de duas horas e meia.

Otake cedeu esse ponto, mas sua posição era complicada, pois devia lutar contra um velho doente.

— Que situação!... Vão pensar que forcei a continuação mesmo sabendo que o mestre estava enfermo. O mundo não vai ver que eu não queria continuar. O mestre é quem insiste em jogar a qualquer custo, mas pensarão o contrário. Por outro lado, caso a saúde do mestre piore por ter continuado no jogo parecerá que foi por minha culpa. Isso é terrível! Não quero ser acusado pela posteridade de ter manchado a história do go. Do ponto de vista da humanidade, o mestre deveria descansar e tratar da saúde pelo tempo que fosse necessário, e só mais tarde retomar a partida.

De qualquer modo, era difícil ter um adversário que todos sabiam estar gravemente enfermo. Caso ganhasse, muitos pensariam que ele se aproveitara da fraqueza do oponente devido à doença, o que não seria nada agradável; por outro lado, seria muito mais vergonhoso caso viesse a perder. A situação do jogo ainda não permitia prever quem sairia vitorioso. No entanto, como o mestre esquecia por completo sua própria doença quando sentava ao tabuleiro, quem estava em desvantagem era Otake, que se esforçava para esquecer o estado de saúde do oponente. O mestre acabou por se tornar uma personagem de tragédia. Um jornal escreveu que o mestre dissera que "O último desejo de um jogador de go é continuar no jogo até tombar ao lado do tabuleiro", clamando-o como um mártir que se sacrificava pela sua arte. Otake, nervoso e sensitivo por natureza, tinha de lutar sem se preocupar, nem sentir compaixão pela enfermidade do adversário.

Alguns jornalistas ligados ao go comentavam que fazer com que um doente em tal estado continuasse no jogo era desumano. Porém, a empresa jornalística que patrocinava esse jogo de despedida queria que o mestre continuasse de qualquer modo. A evolução da partida relatada no jornal ganhava enorme popularidade. Minha reportagem também fazia sucesso e era lida até por pessoas que não conheciam nada de go. Havia quem segredasse aos meus ouvidos que o mestre estaria preocupado com o destino do altíssimo cachê que deveria receber pela partida, com o que aconteceria caso a interrompesse; mas achei que não passava de suspeita infundada, um excesso de imaginação.

De uma forma ou outra, na véspera de mais uma sessão, prevista para 10 de agosto, as pessoas envolvidas tiveram enorme trabalho em persuadir Otake para que concordasse em jogar. Ele era intratável como uma criança rabugenta, sempre argumentava o contrário do esperado; era obstinado e, mesmo parecendo ter concordado, na realidade não havia concordado. Para piorar as coisas, os repórteres encarregados do go e os organizadores do Ki-in eram pouco hábeis em negociações como essas. Hajime Yasunaga, quarto dan, que era amigo pessoal de Otake e tinha experiência em tratar de assuntos delicados, ofereceu-se para intermediar e tentou convencê-lo, mas não foi uma tarefa fácil.

Tarde da noite, a senhora Otake acorreu de Hiratsuka com o bebê nos braços. Não conseguindo persuadir o marido, ela chorou. Mesmo chorando, ela manteve sua fala afetuosa e branda, sem perder a lógica do raciocínio. Não era o tipo de persuasão de uma mulher metida a sábia. Eu estava por perto e fiquei encantado ao ver o modo com que a senhora pedia ao marido, chorando de todo o coração.

A senhora Otake é filha do proprietário de um hotel termal de Jigokudani[76], em Shinshu. A história de que Otake e Go Seigen haviam se isolado em Jigokudani para estudarem a técnica de uma nova estratégia inicial do go é famosa no mundo deste jogo. Mas eu sabia dos rumores a respeito da senhora Otake, conhecida por ser uma linda jovem. Ela e sua irmã encantaram pela beleza um jovem poeta, que desceu do planalto Shiga e chegou a Jigokudani. O poeta me contara suas impressões sobre as belas irmãs.

Vendo-a agora na hospedaria, em Hakone, senti certa frustração, pois ela não passava de uma discreta dona de

---

76. Literalmente, "Vale do Inferno", famosa estação termal.

casa dedicada ao marido; no entanto, apesar de sua aparência descuidada e de estar com o bebê no colo, e parecendo abatida pelos afazeres domésticos, eu podia vislumbrar os traços remanescentes dos tempos idílicos da região montanhesa. De imediato, compreendi sua inteligência e brandura. E o bebê em seus braços me deixou encantado, pois eu nunca vira um bebê tão magnífico. Havia no garotinho de oito meses tal ar imponente de autoridade que pude notar a presença da alma heroica do Otake, sétimo dan. O bebê tinha a tez alva e um ar refrescante.

Mesmo hoje, decorridos doze ou treze anos, sempre que me encontra, a senhora Otake se lembra disso.

— O bebê que o senhor elogiou naquele dia... — ela contava sobre o menino. Disse também que costuma persuadi-lo dessa forma: — Não se esqueça de que, quando bebê, o senhor Uragami escreveu elogiando você num artigo de jornal.

Ante a súplica da esposa, com o bebê nos braços e lágrimas a lhe escorrerem pelas faces, Otake parecia não resistir mais. Ele era um marido dedicado ao seu lar.

Contudo, mesmo depois de aceitar a continuação da partida, Otake não pregou os olhos a noite inteira. Sua angústia continuava. Pelas cinco ou seis da manhã, ele caminhava sozinho pelo corredor da hospedaria a passos largos e pesados. Ainda cedo, vestiu o traje formal com o brasão da família e, com ar amuado, ficou deitado no sofá do saguão da entrada.

26

Na manhã do dia 10, o estado do mestre não havia se alterado e o médico permitiu a realização da partida. Todavia, suas bochechas continuavam inchadas e seu abatimento era visível. Naquela manhã, ao consultarem sua preferência pelo local do jogo, se no prédio principal ou no anexo, o mestre respondeu que já não podia caminhar longas distâncias. "Mas" — continuou o mestre — "o ruído alto da cascata que se ouve na sala do prédio principal incomodou Otake, sétimo dan, por isso acatarei a escolha dele". Como a cascata era artificial, a torneira foi fechada para cessar a queda d'água e decidiram usar o prédio principal. Ao escutar as palavras do mestre, senti uma tristeza semelhante a alguma forma de revolta que vinha subindo do meu íntimo.

Desde que mergulhou neste jogo, o mestre parecia como se tivesse perdido a consciência do próprio físico e deixava tudo nas mãos dos organizadores, nem ao menos mostrava sinais de seus caprichos. Quando surgiu um desentendimento entre vários membros a respeito do que deveriam fazer por causa de sua doença, o mestre, que era o centro da questão, permanecia com ar alheio como se o assunto fosse de outrem.

A lua estava clara na noite anterior, e na manhã do dia 10 o sol era forte, as sombras estavam nítidas e as nuvens eram brancas e luminosas; pela primeira vez desde o início dessa partida de go o clima era de pleno verão. A mimosa rósea estava com as folhas inteiramente abertas. Os cordões brancos do *haori* de Otake eram vistosos.

— Apesar de tudo, que ótimo que o tempo melhorou — disse a senhora do mestre. Emagrecida e abatida, não parecia a mesma pessoa.

Também a senhora Otake tinha o aspecto de quem não dormira à noite e estava pálida. Ambas as senhoras, com os olhos brilhando de inquietação em seus rostos de tez ressequida e preocupadas com seus maridos, andavam sem saber o que fazer. Talvez fosse uma revelação de seu egoísmo.

Devido à intensidade da claridade do verão, o mestre, visto à contraluz no interior da sala, tinha um aspecto ainda mais obscuro e aterrador. Cabisbaixos, nenhum dos presentes na sala do jogo teve coragem de olhar para ele. Otake, que costumava lançar gracejos, permaneceu silencioso.

Que necessidade há de se jogar nesta condição? Afinal, o que é o go?, perguntava-me, sentindo-me penalizado pelo mestre. Veio-me à memória o que o escritor Sanjugo Naoki[77] escreveu sobre o go, quando a morte já se aproximava, num romance intitulado *Eu*, do gênero "romance do eu" (o que é raro em suas obras), em que dizia "Sinto inveja dos jogadores

---

77. Sanjugo Naoki (1891-1934), romancista, roteirista e diretor de cinema. O prêmio literário Naokisho foi criado em sua homenagem.

de go", e afirmava a respeito do go: "Se eu penso que não há nenhum valor, é absolutamente sem valor; mas, se acho que há valor, é absolutamente valoroso." Brincando com uma coruja, que bicava e rasgava um jornal em cima da mesa, Naoki conversava com ela: "Não te sentes solitária?". O jornal reportava a partida de go disputada entre o Mestre Hon'inbo e Go Seigen. O jogo havia sido suspenso devido à enfermidade do mestre. Considerando a magia da atração exercida pelo go e a pureza do espírito desse jogo, Naoki tentou compará-lo com o valor de suas criações de literatura popular:

"... ultimamente, tudo isso começou a me entediar. Preciso escrever trinta páginas até as nove da noite, e já passam das quatro da tarde. Entretanto, começo a sentir que nada disso importa mais. Que me deixem ficar brincando com minha coruja ao menos um dia. Quanto trabalhei até hoje, não para mim próprio, mas para o jornalismo e seus correlatos? E com quanta crueldade fui tratado em troca disso?"

Naoki morreu trabalhando excessivamente. Foi por intermédio dele que conheci o Mestre Hon'inbo e Go Seigen.

Nos últimos dias, Naoki parecia um fantasma, e agora o mestre diante de mim também parecia um fantasma.

Não obstante, nesse dia avançaram nove movimentos. Quando deu meio-dia e meia, hora combinada para o recesso, era a vez de Otake definir o *fujite* com a preta 99, e ele poderia pensar sozinho. O mestre deixou o tabuleiro. Pela primeira vez nesse dia, ouviam-se conversas amenas.

— No tempo em que eu era estudante, me faltava tabaco. Naquela época, a gente usava a piteira... — recordou o mestre, fumando devagar. — Juntava os fiapos de fumo acumulados no fundo da manga do meu quimono, enfiava na piteira e fumava. Mesmo assim, aquilo me dava satisfação. Um pouco de brisa refrescante entrou no ambiente. Já que o mestre não estava mais, Otake despiu o *haori* de gaze de seda e continuou a refletir.

Assim que a sessão terminou, o mestre logo retornou aos seus aposentos e chamou Onoda para jogar *shogi*, o que muito me surpreendeu. Soube mais tarde que, depois do *shogi*, foi a vez do *majongue*.

Sentindo aquele ambiente demasiado opressivo, eu não conseguia permanecer ali e me refugiei na hospedaria Fukujuro, em Tonosawa, onde redigi um capítulo da reportagem do jogo. No dia seguinte, retornei à minha casa, uma cabana na montanha de Karuizawa.

27

O mestre parecia ter o apetite de um diabo faminto para jogos. Não havia dúvida de que os jogos que o retinham num ambiente fechado contribuíam para agravar sua doença; contudo, para o mestre de natureza introspectiva, que não sabia como dissipar as tensões acumuladas por causa do go, talvez só houvesse esses jogos para descansar a cabeça ou se desligar do go. Ele nem saía para dar uma volta a pé.

Em geral, os profissionais de um jogo gostam também de outros jogos, mas a postura do mestre diferia da dos demais. Não brincava de maneira despreocupada. Não havia moderação. Era obstinado, sem um ponto final. Continuava dia e noite, sem descanso. Não parecia ser uma diversão ou um passatempo, ele se mantinha com um ar sinistro, como se estivesse sendo devorado pelo diabo dos jogos. Até no *majongue* ou no bilhar ele ficava em estado de transe, do mesmo modo que quando jogava go; se deixasse de lado o aborrecimento das pessoas envolvidas, o mestre poderia ser qualificado como uma criatura sempre cândida e sincera para consigo mesmo. Diferentemente das pessoas comuns aficionadas em algo, o mestre parecia ter se perdido em algum lugar distante.

Até no curto intervalo entre o término da sessão e o jantar, o mestre logo começava a jogar. Impaciente, vinha chamar o árbitro Iwamoto, que bebericava saquê.

Quando terminou a sessão do primeiro dia em Hakone, Otake se retirou para seus aposentos e pediu à camareira:

— Se tiver um tabuleiro de go, traga-o aqui.

Ouviu-se o som das pedras, revelando que ele recapitulava o curso da sessão que acabara de ter. O mestre trocou suas roupas por um *yukata* e, descontraído, apareceu na sala dos organizadores. Jogou *ninuki renju* comigo, derrotando-me com facilidade em cinco ou seis partidas, e disse:

— *Ninuki* é um jogo pouco sério, não tem graça. Vamos jogar *shogi*. No quarto do senhor Uragami tem tudo — levantou-se e se encaminhou com ar feliz à frente de todos.

A partida com um handicap sem a peça *hisha*[78] com Iwamoto foi interrompida pelo jantar. De bom humor por ter tomado um pouco de saquê, Iwamoto estava sentado de pernas cruzadas, sem cerimônia, e dava tapas nas coxas expostas, mas acabou perdendo do mestre.

Mesmo depois do jantar, o som das pedras ainda veio do quarto de Otake por algum tempo, mas por fim ele desceu para se reunir conosco. Jogando *shogi* sem a *hisha* com o repórter Sunada e comigo, Otake nos maltratou à vontade.

— Oba! Oba! Jogando *shogi* sempre fico com vontade de cantar, os senhores me desculpem. Na verdade, sou aficionado pelo *shogi*. Até hoje, por mais que eu pense, não

---

78. Peça do go com função semelhante à da torre do xadrez.

entendo por que me tornei jogador de go em vez de *shogi*. Convivo com o *shogi* há muito mais tempo do que com o go. Aprendi quando mal chegava aos quatro anos; o fato de saber por mais tempo não seria uma explicação para eu ser melhor? — Assim, eufórico, Otake cantou músicas infantis e populares e paródias cheias de trocadilhos jocosos, que eram sua especialidade.

— No *shogi*, o senhor Otake deve ser o melhor entre os membros do Ki-in — ponderou o mestre.

— O senhor acha? O senhor também é muito bom... — respondeu Otake. — No Nihon Ki-in ninguém detém o primeiro dan. Quanto ao *renju*, não há como evitar que o senhor tenha sempre o direito à primeira pedra. No meu caso, que nem conheço as jogadas típicas, só tento avançar com força... Enquanto o senhor possui o terceiro dan de *renju*.

— Um amador de terceiro dan não alcança os pés do primeiro dan profissional. O profissional é bom mesmo.

— E como está o go do mestre de *shogi* Kimura?

— Deve estar chegando ao primeiro dan. Ficou mais forte nos últimos tempos.

No jogo seguinte com o mestre, sem handicap, Otake também cantou e batucou.

— Tatatan, tantan, tatatatantan...

Até o mestre entrou no ritmo de Otake.

— Tatatan, tantan, tatatatantan...

Era algo inédito para o mestre. O jogo melhorou para ele, pois sua *hisha* invadiu o território rival e, promovida, ganhou mais força.

Naqueles dias, as partidas de *shogi* se processavam alegremente; no entanto, desde que se agravara a doença do mestre, até os jogos de entretenimento adquiriram um ar sinistro. O mestre, que mesmo depois do confronto de 10 de agosto não conseguia deixar os jogos, parecia um condenado do inferno.

A sessão seguinte seria no dia 14 de agosto. Contudo, o médico a proibiu, pois o mestre estava muito fraco, e sua aflição aumentara; os organizadores aconselharam-no a não jogar e o jornal também desistiu. Nesse dia, o mestre fez apenas uma jogada, e a partida foi suspensa.

Logo que ocupam seus assentos diante do tabuleiro, os jogadores pegam de cima dele o estojo com as pedras e colocam em frente aos joelhos. Nesse dia, o estojo parecia pesado para o mestre. As pedras foram postas no tabuleiro com o objetivo de reproduzir o diagrama até o último movimento; ou seja, os dois iam colocando as pedras passo a passo. No início, as pedras pareciam escapar dos dedos do mestre, mas à medida que prosseguia os dedos ganhavam força e crescia o som da batida das pedras no tabuleiro.

O mestre permaneceu imóvel por 33 minutos, pensando no único movimento desse dia. Havia sido combinado que a partida seria suspensa após a branca 100. Não obstante, o mestre declarou:

— Posso jogar mais.

Ele deve ter se sentido disposto para tanto. Os organizadores confabularam apressadamente. Mas, já que assim foi combinado, decidiram pela suspensão depois dessa única jogada.

— Nesse caso... — murmurou o mestre, que mesmo depois de ter definido o *fujite* com a branca 100 continuou a olhar fixo o desenho das pedras no tabuleiro.

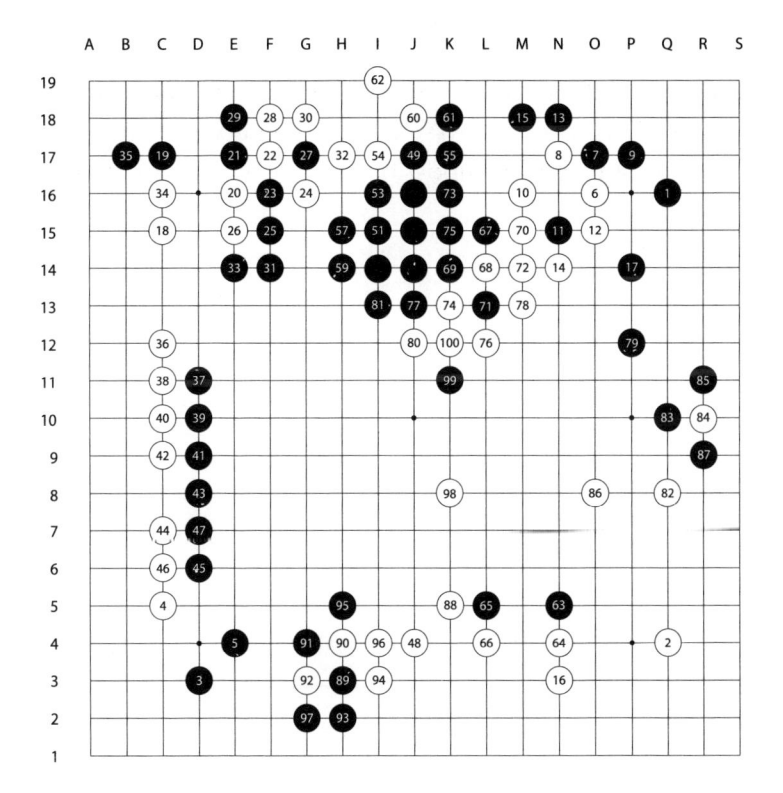

— Mestre, agradeço por tudo, durante esse tempo todo. Por favor, tenha uma boa recuperação...

O mestre respondeu à saudação de Otake com apenas um curto "Sim", foi a esposa quem respondeu em seu lugar.

— Exatos cem movimentos... Quantos encontros tivemos? — Otake perguntou ao encarregado dos registros. — Foi o décimo...? Duas vezes em Tóquio e oito vezes em Hakone? Cem movimentos em dez sessões? Quer dizer, uma média de dez movimentos por dia?

Mais tarde, quando fui aos aposentos do mestre para me despedir por algum tempo, ele estava imóvel, fitando o céu além do jardim.

Ele sairia direto da hospedaria em Hakone para o hospital São Lucas, no bairro Tsukiji, em Tóquio, mas eu soube que o mestre estava impossibilitado de viajar por dois ou três dias.

28

Nos finais de julho, minha família se mudara para Karuizawa para passarmos o verão, e por causa desse jogo de go eu ia e vinha entre Hakone e Karuizawa. Eu tinha que sair da casa da montanha na véspera do dia da partida de go, pois levava cerca de sete horas até Hakone. A sessão terminava no final da tarde; portanto, no caminho de volta eu pernoitava em Hakone ou em Tóquio. Ao todo, eu levava três dias. Como o jogo acontecia sempre no quinto dia, eu ficava dois dias em casa e saía para viajar de novo. Para evitar o desgaste nesse verão de chuvas frequentes e aborrecedoras, e ainda escrevendo todos os dias a reportagem, eu poderia ficar na hospedaria onde a partida era realizada; contudo, terminada a sessão do dia, apressava-me em retornar para casa logo após o jantar.

Era difícil escrever a respeito do mestre e de Otake estando no mesmo lugar onde se hospedavam. Para pernoitar em Hakone, eu saía de Miyanoshita e descia até Tonosawa. Por estar escrevendo a respeito das pessoas envolvidas no confronto, sentia-me constrangido ao me encontrar com elas. Já que era uma reportagem de um jogo promovido pelo jornal, às vezes recorria a um floreio intencional com o objetivo de instigar o entusiasmo dos leitores. É óbvio que era tarefa árdua para um amador como eu, que não entendia o go de alto nível, escrever uma série de reportagens sobre o jogo ao longo de sessenta ou setenta dias, a não ser que tomasse como assunto principal a descrição dos aspectos e dos atos dos jogadores. Antes do go, propriamente, eu observava os indivíduos que o jogavam. Os protagonistas eram os profissionais em confronto; os outros, tanto os organizadores quanto os repórteres, eram seus servos. A única maneira de escrever sobre go, o qual nem mesmo eu entendia direito, sobretudo com todo o respeito, era sentindo veneração pelos jogadores. Sentia-me comovido — não somente por causa do interesse pela evolução do jogo, mas como um Caminho da Arte — ao contemplar o mestre, tendo deixado de lado meu egoísmo.

No dia em que o jogo de despedida do mestre entrou em recesso devido a sua doença, retornei para Karuizawa com meu coração imerso em tristeza. Na estação Ueno, quando pus meus pertences no bagageiro sobre os assentos, um estrangeiro alto se levantou de um assento cinco ou seis fileiras adiante e se aproximou de mim.

— Esse é um tabuleiro de go? — perguntou em japonês.
— Sim. Como conseguiu identificar? — respondi um tanto surpreso.
— Eu tenho um igual. É uma ótima invenção.

Era um tabuleiro de chapa metálica magnetizada que mantinha as pedras no lugar, bastante prático num trem em movimento. Com a tampa fechada, não se podia saber o que era. Eu costumava carregá-lo em viagens.

— Permita-me uma partida. O go é muito interessante, sou aficionado — disse em japonês e, sem perda de tempo, colocou o tabuleiro sobre seus joelhos. Como ele tinha pernas longas, o tabuleiro ficava melhor disposto do que se o colocasse sobre os meus.

— Tenho o décimo terceiro kyu — disse sem rodeios, como se tratasse de uma questão matemática. Era americano.

Dei-lhe seis pedras de handicap. Contou-me que frequentara o Nihon Ki-in para aprender e já jogara com alguns japoneses renomados; no entanto, embora mostrasse conhecer as formas básicas, jogava com rapidez, sem refletir. Parecia não se importar em perder, rearrumava tudo, com seu jeito despreocupado, quantas vezes fossem necessárias, parecendo achar que seria uma tolice gastar energia para vencer a todo custo uma brincadeira como esta. Seguia o formato que lhe fora ensinado, sua jogada inicial era admirável, montava seu acampamento de maneira imponente, mas não tinha a menor intenção de combater. Bastava que eu desse um empurrão, ou o atacasse de forma inesperada, e desmoronava sem oferecer resistência, ou era derrotado de modo vexatório. Acabei por me sentir embaraçado, achando-me maldoso, pois era algo semelhante a uma luta de sumô em que um lutador de aparência frágil derrubasse um grandalhão sem força muscular. Mesmo deixando de lado a questão de ser hábil ou inábil, não sentia uma reação da parte dele. Não havia competição. Se fosse japonês, por mais inábil jogador de go que fosse, mostraria espírito de combate; ninguém seria tão fraco e sem persistência. Faltava-lhe a concentração espiritual indispensável ao go. Para mim era algo estranho, senti a presença de uma espécie totalmente diversa da nossa.

Continuamos jogando por mais de quatro horas, de Ueno até a proximidade de Karuizawa. Sua disposição de alegre imortal, que nunca se aborrecia por mais que sofresse repetidas derrotas, quase me deixou prostrado. Em comparação à sua ingenuidade e simplicidade ante a própria incompetência, eu me sentia um velhaco.

Talvez pela curiosidade de ver um ocidental jogando go, quatro ou cinco passageiros se aproximaram e nos cercaram para assistir. Isso me deixava um pouco nervoso, mas o americano, que sofria derrotas vexatórias, parecia não se importar nem um pouco com os espectadores.

Para o americano, não era diferente de ter uma discussão numa língua estrangeira da qual conhecesse a gramática básica, não havia por que levar tão a sério um jogo de entretenimento; de qualquer maneira, jogar go com um estrangeiro era bem diferente do que jogar com um japonês. Refletindo sobre isso, cheguei a pensar que talvez o go não fosse compreendido devidamente pelos ocidentais. Esse pensamento me ocorreu porque muitas vezes, em Hakone, as conversas giravam em torno do doutor Dueball e da existência de cerca de cinco mil adeptos na Alemanha, e também sobre o crescimento do interesse nos Estados Unidos. É claro que seria precipitado afirmar qualquer coisa tomando o exemplo de um único americano iniciante, mas ouvira dizer que, na maioria das vezes, falta compenetração espiritual combatente nos ocidentais. O go japonês é considerado uma arte, ultrapassando a concepção do chamado *play* ou *game*. Há nele um fluxo da antiga tradição do Oriente, imbuída de mistério e de nobreza espiritual. O título Hon'inbo, que o mestre Shusai ostenta, provém do nome de um pequeno templo que pertence ao magnífico templo Jakkoji, em Kyoto. O próprio Shusai se tornara monge budista, de nome religioso Nichion, no aniversário de trezentos anos da morte do primeiro Hon'inbo, Sansa[79], cujo nome religioso era monge Nikkai. Jogando com o americano, pude perceber a ausência da tradição do go no seu país.

Falando em tradição, o go também foi introduzido na China. Porém, o verdadeiro go nasceu no Japão. Hoje a arte do go na China, como há trezentos anos, não chega a ocupar um lugar de destaque. Foi através dos japoneses que o go se tornou uma arte elevada e de profundidade espiritual. Diferentemente das demais formas de arte e cultura que foram introduzidas na China desde os tempos remotos e que se desenvolveram lá de maneira excepcional, o go floresceu somente no Japão. Na realidade, isso aconteceu numa época mais recente, com a proteção do governo do xogunato de Edo.[80] O jogo fora introduzido no país havia mais de mil anos; entretanto, durante séculos, a sabedoria do go não encontrara uma oportunidade para crescer. Não obstante, foram os japoneses que exploraram a profundidade dessa sabedoria, que os chineses acreditaram ser uma diversão dos eremitas, a qual encerra haustos divinos, e seus mais de 360 caminhos contêm os princípios da Natureza, do Universo e da vida humana. É evidente no go que o espírito japonês transcendeu a mera imitação do que havia sido importado do estrangeiro.

Talvez não houvesse em outros povos uma diversão ou jogos tão intelectuais quanto o go e o *shogi*. Talvez não

---

79. Hon'inbo Sansa (1550-1623). Fundador da escola Hon'inbo.
80. Período Edo (1603-1867).

houvesse em outras nações um jogo que reservasse o tempo de deliberação em oitenta horas para uma única partida e que se estendesse por três meses. Teria o go se aprofundado, da mesma maneira que o teatro nô e a cerimônia do chá, nos mistérios da tradição japonesa?

Em Hakone, o mestre Shusai nos relatou sua viagem à China, contando, basicamente, onde, com quem e com que handicap jogara.

— Então, os bons jogadores da China e os bons amadores do Japão são mais ou menos do mesmo nível? — perguntei, achando que os jogadores chineses eram muito bons.

— Sim. Eu creio que podemos considerar assim. Talvez eles sejam um pouco mais fracos, mas não há muita diferença entre os amadores. Na China, não há profissionais de go...

— Nesse caso, já que os níveis dos amadores são quase iguais entre japoneses e chineses, eles teriam o talento necessário caso treinassem profissionais como no Japão?

— Acredito que sim.

— Então eles têm um bom potencial.

— Sim, mas precisariam de tempo... Deparei com bons jogadores, no entanto... Além disso, parece que gostam de jogar para apostar.

— Mesmo assim, eles possuem talento para o go, não é?

— Creio que sim. De repente, pode até surgir um gênio como Go Seigen...

Eu pretendia visitar Go Seigen, sexto dan, nos próximos dias. Enquanto eu acompanhava o transcorrer deste jogo de despedida, que vinha adquirindo uma forma definida, aumentava minha vontade de ouvir as considerações dele e observar seu modo de analisar a partida. Achei que seria importante como complemento à minha reportagem.

O fato desse gênio nascido na China ter adotado o Japão para viver parece simbolizar alguma graça divina. Por ter vindo para o Japão é que seu gênio floresceu. Desde tempos remotos muitas pessoas vindas do país vizinho, dotadas de grande habilidade numa arte, foram privilegiadas no nosso país. Go, sexto dan, é um admirável exemplo. Se continuasse na China, seu gênio teria sido tolhido, mas o Japão o acolheu, deu-lhe formação e especial proteção. O verdadeiro gênio do garoto foi descoberto por um japonês, profissional de go, que visitava a China. O garoto, que ainda vivia em seu país, já estudava os livros de go japonês. Algumas vezes, eu percebia um facho do clarão da sabedoria do go chinês — mais antigo do que o nosso — brilhar nesse menino. Por trás dele, havia uma enorme fonte luminosa submersa na profundidade da camada de lodo. Go Seigen possuía um talento nato. Apesar disso, se não tivesse encontrado, ainda criança, a feliz oportunidade de se aprimorar, seu talento teria ficado soterrado, sem chance de evoluir. No Japão de hoje, com certeza também há muitos talentos de go que deixam de brotar. Sempre há destinos assim quanto à capacidade do ser humano, tanto em relação ao indivíduo quanto a um povo. Mas devem existir, sem dúvida, sabedorias que brilharam no passado de um povo e hoje estão apagadas ou escondidas desde longínquos tempos até a atualidade, e que podem reaparecer no futuro.

29

Go Seigen, sexto dan, encontrava-se no Sanatório do Planalto, em Fujimi.[81] Cada vez que acontecia uma sessão em Hakone, o repórter Sunada se deslocava até lá para anotar os comentários de Go. Eu os aproveitava, inserindo-os no meu relato. O jornal o escolhera como comentarista pelo fato de ele e Otake dividirem a fama de maiores jogadores da geração jovem, tanto em capacidade real quanto em popularidade.

Go Seigen estragou sua saúde por ter jogado em demasia. Por outro lado, sofria por causa da guerra entre a China e o Japão. Escreveu um ensaio sobre a esperança da imediata volta dos dias pacíficos e o seu desejo de ver os visitantes dos dois países, Japão e China, reunirem-se num barco sobre as águas do lago Taiko, de grande beleza paisagística. No seu leito de enfermo, lá no planalto, ele lia clássicos de filosofia chinesa, como *O livro de história*, *Espelho dos imortais* e *Obras completas de Lu Tsu*.[82] Naturalizara-se japonês em 1936 e adotara o nome japonês Izumi Kure.

---

81. Literalmente, "de onde se avista o monte Fuji".
82. O primeiro é um clássico do confucionismo, e os outros, do neotaoísmo.

Embora as escolas estivessem em férias de verão quando retornei de Hakone para Karuizawa, até nessa região de veraneio internacional se avistavam tropas estudantis em exercício militar, e escutava-se o som do fogo de artilharia. Do mundo literário, também cerca de vinte amigos e conhecidos meus acompanharam as tropas do Exército e da Marinha para observarem o ataque a Hankow. Eu não fui selecionado para essa tarefa. E, como não tinha ido acompanhar o Exército, escrevi na minha reportagem sobre o jogo que desde épocas antigas o go costumava ganhar popularidade em tempos de guerra, que houve muitos guerreiros que jogavam go em seu acampamento de guerra, e que a arte marcial japonesa se harmoniza com o espírito do Caminho da Arte e se assemelha ao caráter religioso de uma pessoa. O go simboliza bem essas peculiaridades.

Em 18 de agosto, o repórter Sunada veio a Karuizawa para que eu o acompanhasse, e nós tomamos um trem da linha Koumi, na estação de Komoro. Um passageiro estava contando que, do planalto à fralda da serra Yatsugatake, bichos semelhantes a uma centopeia apareceram durante a noite, talvez para se refrescarem, e cobriram os trilhos. Quando as rodas do trem passaram, esmagando-os, parecia que elas resvalavam por causa do líquido oleoso. Pernoitamos na hospedaria Saginoyu, na estação termal de Kamisuwa, e na manhã seguinte chegamos ao sanatório de Fujimi.

A enfermaria de Go Seigen ficava no segundo piso, em cima do hall de entrada, onde havia dois tatames num canto. Ele fez seus comentários, ilustrando com umas pequenas pedras distribuídas sobre um pequeno tabuleiro de madeira, colocado sobre um estande de madeira desmontável, coberto com um pequeno colchão.

Em 1932, Sanjugo Naoki e eu assistimos na Dankoen, em Itô, à partida em que Go Seigen desafiou o mestre Shusai com um handicap de duas pedras. Naquela ocasião, seis anos atrás, ele vestia um quimono de mangas retas de *kasuri* azul-índigo — um traje próprio de um rapaz —, seus dedos longos e finos e o pescoço de tez fresca davam a impressão de ele ser uma adolescente de refinada beleza, sagaz e compassiva; no entanto, agora se soma a ele uma dignidade de caráter que faz lembrar um nobre jovem monge. Suas orelhas e sua cabeça tinham uma forma aristocrática, não haveria ninguém mais como ele que suscitasse tão clara impressão de que era um gênio.

Go, sexto dan, ditava os comentários com fluência e, de vez em quando, parava para pensar, fincando um cotovelo na mesa. A chuva começava a molhar as folhas do castanheiro perto da janela. Perguntei-lhe o que achava do jogo.

— Pois é... é delicado. Penso que o balanço do jogo esteja extremamente sutil.

O jogo ainda estava na metade e, como ainda por cima quem jogava agora era o mestre, não seria possível nem prudente que outros jogadores fizessem uma previsão. O que eu queria saber era sua opinião sobre os modos de jogar do mestre e de Otake, ou seja, a apreciação de seus estilos, considerando a partida de go como uma obra de arte.

— É um go magnífico — respondeu Go Seigen. — Pois bem. Em uma palavra, como é um jogo precioso, os dois estão jogando com muita atenção, com extrema cautela.

O senhor percebe que não há nenhum descuido ou erro de leitura em ambos os lados. Isto é algo raro de acontecer. Eu vejo que é um go magnífico.

— Ah, sim? — senti-me um pouco desapontado. — Até eu entendo que as pretas estão sólidas e densas, mas as brancas também, não acha?

— Sim, o mestre também procura manter um jogo sólido. Se um lado vem com uma jogada sólida, o adversário também deve responder da mesma maneira, senão poderá desmoronar e ficar em situação complicada. Já que eles têm bastante tempo, e é um jogo muito importante...

Era uma opinião superficial e sem comprometimento, não havia possibilidade de ele fazer a crítica que eu esperava. Talvez tenha sido uma afirmação ousada ele dizer, atendendo à minha indagação, que o jogo se encontrava em uma situação delicada.

Contudo, por ter acompanhado a partida desde o início até o mestre cair enfermo, eu atravessava um período de grande emoção por conta desse go e desejava escutar algum profundo comentário que tocasse a alma.

Numa hospedaria próxima, encontrava-se convalescente Ryutaro Saito, da revista mensal *Bungei Shunju*, e fomos visitá-lo no caminho de volta. Saito nos contou que até pouco tempo atrás estivera internado na enfermaria ao lado de Go Seigen.

— Às vezes, às altas horas da noite, eu escutava o som das pedras de go batendo no tabuleiro. Achava aquilo aterrador.

Comentou também sobre a extraordinária dignidade de Go quando acompanhava os visitantes até o hall para se despedir.

Pouco tempo depois de ter terminado o jogo de despedida do mestre, fui com Go, sexto dan, a seu convite, para uma terma de Shimogamo da região sul de Izu, e ele me contou uns sonhos que tivera com o go. Ele disse que às vezes sonhava com uma jogada genial, e ao acordar ainda se lembrava de uma parte dessa configuração.

— Quando estou jogando, muitas vezes tenho a sensação de que já vi essa partida em algum lugar. Então, penso que talvez tenha sido num sonho — disse ele.

Nos sonhos, seu mais frequente adversário era Otake, sétimo dan.

30

Eu soube que, antes de se internar no hospital São Lucas, o mestre dissera:

— Por causa da minha doença a partida foi suspensa por um tempo, mas não quero que terceiros façam críticas descuidadas a respeito de um jogo inacabado, avaliando se as brancas estão bem ou se as pretas estão melhores.

Essas palavras eram plausíveis, levando em conta sua situação naquela oportunidade; todavia, devia haver também as questões estratégicas, que só podem ser compreendidas pelos próprios jogadores.

Naquela ocasião, parecia que o mestre tinha boas expectativas sobre a evolução do jogo. Certa vez, depois que a partida chegara ao fim, de repente o mestre disse para mim e o repórter Goi, do *Diário de Tóquio*:

— Quando fui internado, não pensava em qual lado estava em vantagem. Não que não tivesse dúvida, mas eu não imaginava que seria derrotado.

Devido à preta 99, que fez um *nozoki* na fileira das brancas na área central, ameaçando cortá-la, o mestre conectou suas pedras por meio da branca 100, seu último movimento antes de sua internação. Analisando mais tarde, o mestre observou que, em vez de ter feito essa conexão com a branca 100, deveria ter impedido o avanço das pretas no campo da direita, para evitar que invadissem o território das brancas. Se o tivesse feito, disse o mestre, "sem dúvida, as pretas estariam numa situação que dificilmente poderia ser encarada com otimismo". Por outro lado, o fato de ter conseguido tomar com a branca 48 o "ponto da estrela" da área inferior, "garantindo logo na etapa inicial o 'topo do morro Tennozan'[83], significava que a configuração das brancas era satisfatória". Assim, desde aquele momento ele havia traçado uma previsão "bastante promissora". E, seguindo nesse raciocínio, observou: "O movimento da preta 47, que cedeu o topo da montanha para as brancas, foi prudente demais. Penso que as críticas a essa lentidão serão inevitáveis."

Entretanto, Otake contou, numa ocasião em que foi solicitada a opinião dos protagonistas do jogo de despedida, que era necessário optar por um lance prudente para a preta 47, a fim de impedir alguma possibilidade de ataque adversário naquele ponto. Go Seigen também considerou o movimento da preta 47 uma jogada acertada, que solidificava a defesa do seu território.

Enquanto assistia ao jogo, levei um choque quando Otake, numa jogada prudente, conectou sua linha com a preta 47, e em seguida a branca 48 ocupou o importante ponto da estrela da área inferior. Mais do que sentir o estilo do go de Otake nessa jogada da preta 47, captei seu preparo

---

[83]. Morro de 270 metros de altitude situado a oeste de Kyoto. Na época das guerras civis, a conquista do topo desse morro foi decisiva para o exército vencedor (1582). Por extensão, significa o momento decisivo num jogo.

espiritual para esta partida. Vislumbrei toda a força de sua resolução, que fez as brancas recuarem na altura da terceira linha, e seu empenho em construir uma espessa parede para si até aquela preta 47. Otake firmara os pés nesse modo de jogar, sem risco de cair no estratagema do adversário e de sofrer uma derrota.

Quando o jogo chegou à fase intermediária, na altura do movimento 100, apresentava uma tendência de disputa delicada, ou que ainda não deixava perceber qual dos lados estava em vantagem, o que poderia significar que as pretas estariam na defensiva; todavia, isso talvez fosse uma estratégia de Otake, que calmamente decidira adotar uma jogada forte e cuidadosa. A espessura do cerco das pretas era maior e, antes de tudo, seu território era sólido; e a partir de então Otake iniciaria seu ataque típico, que vai roendo vorazmente a formação adversária.

Otake havia sido chamado de reencarnação do Mestre Hon'inbo Jowa[84], que fora considerado o maior mestre em estilo agressivo. Também o mestre Shusai era muitas vezes comparado com Jowa. A essência da técnica de Jowa era erguer uma parede espessa, prezar a batalha aberta e derrubar o adversário com a força do ataque. Seu estilo era enérgico e não se detinha em minúcias. Gozou de grande popularidade entre os amadores, pois era capaz de um jogo espetacular, cheio de riscos e de mudanças inesperadas. Nesta partida, por ser um confronto entre dois poderosos da atualidade, o público amador esperava um embate violento, uma sucessão de batalhas ferozes e repletas de

---

84. Hon'inbo Jowa (1787-1847). Décimo segundo da sucessão.

complicações; enfim, um jogo de raro luxo e suntuosidade. A expectativa foi totalmente frustrada.

Otake tomou precauções, achando perigoso demais desafiar o mestre Shusai em seu ponto mais hábil. Teve então o cuidado de evitar ser atraído ao complicado emaranhamento ou à batalha ampla, enquanto procurava limitar ao máximo o campo da livre atuação do mestre e levar a partida de uma forma na qual se sentia mais seguro para agir. Embora tivesse deixado as brancas tomarem um ponto estratégico, manteve-se impassível e preparava seu terreno. Seus passos firmes não eram passivos, muito pelo contrário, eram dinâmicos, de uma força camuflada. Uma autoconfiança inabalável o transpassava. Por mais que parecesse ser prudente e perseverante no seu jogo, de tempos em tempos atacava com ímpeto, movido por sua força interna transbordante, um alvo visado pela sua acurada técnica.

Contudo, por mais que Otake se resguardasse, teria havido ao longo da partida alguma oportunidade para o mestre desafiar uma batalha forçada. Logo de início, as brancas tomaram dois cantos, o que pareceu uma excelente estratégia para ampliar seu território. Então, o mestre de 65 anos, nesse seu último jogo público, apresentou uma nova forma no canto superior esquerdo, jogando a branca 18 no ponto 3-5; Otake respondeu colocando a preta 19 na posição 3-3. Como era de se esperar, pouco depois surgiu uma tempestade. Se quisesse, o mestre poderia ter complicado o jogo a partir daquele momento. No entanto, talvez por ser um jogo precioso demais, evitou a luta confusa com mudanças complicadas e optou pela simplicidade. A partir daí até a fase intermediária, seguiu o movimento das pretas. E Otake, que se esforçava como se lutasse sumô sozinho, foi arrastado sem querer para um jogo de delicado equilíbrio.

Na realidade, por causa do modo como Otake jogava, procurando anexar ao menos um ponto de cada vez, era inevitável que a partida se tornasse delicada; assim, parecia que sua evolução ia a favor do lado branco. Não que o mestre empregasse uma tática especial. Nem aproveitou a má jogada das pretas, apenas acompanhou o avanço prudente do desafiante, como se o escoar da água, o correr das nuvens fossem descrevendo sem pressa o desenho das brancas nas regiões inferiores do tabuleiro em resposta à pressão das pretas. Talvez tivesse sido o estado de amadurecimento do mestre que o levara ao jogo delicado, sem mesmo saber como e quando. As forças do mestre não estavam em declínio pela idade avançada, nem prejudicadas pela enfermidade.

31

Ao retornar do hospital São Lucas para sua residência em Unane, no distrito de Setagaya, o mestre Shusai comentou:

— Pensando bem, desde que saí de casa, no dia 8 de julho, se passaram oitenta dias. Quer dizer, estive fora todo o verão e até outubro.

Nesse dia, caminhou dois ou três *cho* pelas vizinhanças, e esse foi seu mais longo passeio dos últimos dois meses. Ele ficara deitado no leito do hospital, e as pernas estavam enfraquecidas. Só duas semanas depois de ter voltado para casa conseguiu, com muito esforço, sentar mais ou menos formalmente.

— Nos últimos cinquenta anos, eu me acostumei a me sentar formalmente. Agora, cruzar as pernas é terrível para mim, já que no hospital passei o tempo todo deitado na cama. Quando voltei para casa não conseguia sentar como devia. Durante as refeições, eu escondia minhas pernas magras atrás da toalha da mesa, que pendia à minha frente, porque na realidade não as cruzava, mas as deixava estiradas. Nunca me aconteceu algo semelhante. Antes que recomece o jogo, preciso me acostumar a sentar corretamente durante horas, por isso estou me esforçando para fazer isso, mas ainda não cheguei a um ponto satisfatório.

Chegou a época da corrida de cavalos de que ele gostava; no entanto, procurou se manter à distância devido ao seu coração, que não se recuperara totalmente. Mas não conseguiu dominar a vontade.

— Fui até Fuchu para assistir à corrida e também para exercitar as pernas. Durante a corrida, tive uma sensação agradável, senti nascer dentro de mim uma energia inexplicável, que me deu confiança para retomar o jogo. Entretanto, quando voltei para casa fiquei quase prostrado, talvez por uma fraqueza que está lá no fundo do meu ser. Apesar disso, fui assistir à corrida duas vezes. Já que estou liberado para jogar go, hoje decidi que podemos reiniciar no dia 18.

Esses comentários do mestre foram anotados pelo repórter Kurosaki, do *Diário de Tóquio*. A palavra "hoje" dita pelo mestre era o dia 9 de novembro. Decorridos exatos três meses desde a suspensão, no dia 14 de agosto, em Hakone, o jogo de despedida do mestre estava para recomeçar. Por causa da aproximação do inverno, a hospedaria Dankoen, em Itô, foi escolhida como local da partida.

O mestre e a esposa chegaram à Dankoen em 15 de novembro, três dias antes do reinício das sessões, acompanhados por Murashima, quinto dan, discípulo do mestre, e por Yawata, secretário do Nihon Ki-in. Otake, sétimo dan, veio no dia 16.

Os morros cobertos de tangerinas maduras ofereciam uma bela vista para a península de Izu, e nas regiões litorâneas

O MESTRE DE GO

outras frutas cítricas, como *natsumikan*[85] e *daidai*[86], estavam douradas. No dia 15, o tempo estava nublado e um tanto frio, e no dia seguinte teve uma chuva fraca. O rádio anunciou a chegada da neve em várias regiões do país. Entretanto, no dia 17 fez um belo dia, quente, que lembrava o tempo de primavera, típico de Izu, onde até o ar é suave e adocicado. O mestre saiu para caminhar e foi até o santuário Otonashi e ao lago Jonoike, algo raro para ele, pois não gostava de passear a pé.

Na véspera do jogo na Dankoen, no dia 17, o mestre chamou o barbeiro na hospedaria para fazer-lhe a barba, como fizera em Hakone. E, da mesma forma que naquela ocasião, a esposa sustentou a cabeça dele por trás.

— No seu salão também tingem cabelos brancos? — perguntou ao barbeiro quase em murmúrio. Seu olhar calmo estava dirigido ao jardim.

Pintara o cabelo branco antes de deixar Tóquio. Tingir o cabelo de preto para enfrentar o jogo parecia algo despropositado para o mestre, mas talvez tenha se preocupado com sua aparência por ter caído doente no meio da partida.

Achei engraçado ver o mestre, que sempre usava um corte curto, agora de cabelo longo e repartido, e pintado de preto. Entretanto, à medida que o barbeiro passava a navalha, iam aparecendo a tez curtida das faces e as maçãs do rosto bem salientes.

---

85. Tipo de laranja mais graúda (*Citrus aurantiun*). É meio amarga e tem forte acidez. O nome significa tangerina de verão.
86. Laranja amarga (*Citrus natsudaidai*), consumida só em forma de geleia e doces.

Seu rosto não estava pálido ou inchado como naqueles dias em Hakone, mas não parecia de todo saudável.

Logo que cheguei à Dankoen, fui cumprimentar o mestre nos seus aposentos e apresentei minha solidariedade quanto à sua saúde.

— Ah, sim — respondeu-me com ar distraído. — Um dia antes de vir para cá, fiz um exame no São Lucas. O doutor Inada ficou perplexo, disse que o coração não ficou completamente curado e que agora tem um pouco de água na pleura. Além disso, um médico daqui de Itô que consultei me disse que estou com bronquite... Talvez tenha me gripado.

— Ah, é? — Eu não sabia o que dizer.

— Ou seja, o mal anterior não estava curado e apareceram duas novas doenças. Agora são três.

As pessoas do Nihon Ki-in e do jornal que estavam presentes lhe pediram:

— Mestre, por favor, não diga nada ao senhor Otake sobre sua saúde...

— Por quê? — estranhou o mestre.

— Pode ser que o senhor Otake se incomode como da outra vez e acabe complicando tudo...

— Mas a realidade é essa... Não seria bom esconder.

— Acho melhor não contar nada para o senhor Otake — interveio a esposa. — Se souber que está doente, vai ficar desgostoso como daquela vez em Hakone.

O mestre se calou.

Quando lhe perguntavam por sua saúde, o mestre falava de seu estado sem nenhum receio.

Havia deixado definitivamente o hábito de bebericar saquê antes do jantar e o tabaco de que tanto gostava. Ele, que se recusara a andar em Hakone, agora se esforçava a sair para dar um passeio a pé e procurava comer mais. O fato de tingir o cabelo de preto talvez tenha sido uma mostra do propósito do mestre nesse sentido.

Quando lhe perguntei se iria, ao término deste jogo, passar o inverno em Atami ou em Itô, como nos outros anos, ou se voltaria a se internar no hospital, ele murmurou, como se me abrisse o coração:

— Na realidade, a questão é se continuarei em pé até lá ou não...

Disse que, talvez graças ao seu alheamento, tinha conseguido chegar tão longe sem tombar de modo irrecuperável.

32

Na hospedaria Dankoen, os tatames da sala de jogo foram trocados na noite anterior. Quando entrei na sala, na manhã de 18 de novembro, senti um aroma de tatame novo. Kosugi, quarto dan, trouxera de Naraya o belo tabuleiro usado em Hakone. O mestre e Otake tomaram os assentos frente ao tabuleiro e, quando retiraram as tampas dos estojos das pedras, notaram que nas pedras pretas havia fungos, que apareceram durante o verão. Na mesma hora as pedras foram limpas, com a ajuda do gerente e das camareiras da casa.

A abertura do *fujite* feito com a branca 100 aconteceu às dez e meia.

A preta 99 tinha feito um *nozoki* na fileira das brancas em diagonal na área central, e a branca 100 decidira pela conexão de suas pedras ameaçadas. No último dia em Hakone, houve somente esse lance do mestre. Após o encerramento do jogo, o mestre comentou em sua análise:

— Embora tenha sido um *fujite* feito na véspera de minha internação, devido ao agravamento da minha doença, fiz essa conexão com a branca 100 por falta de análise, o que foi uma lástima. Eu devia ter ignorado a ameaça e ocupado o 18-12 para impedir o avanço das pretas, firmando assim o território branco do canto inferior direito. Uma vez que uma preta espiava ali, não deixaria de cortar a fileira, mas não de imediato, e mesmo que isso acontecesse, pouco dano causaria às brancas. Se eu tivesse defendido aquele ponto com a branca 100, estou certo de que a situação do jogo não deixaria as pretas tão otimistas.

Não obstante, a branca 100 não havia sido um mau movimento, nem prejudicara a situação. Otake lançara sua pedra esperando, naturalmente, que o mestre fizesse a conexão, e os que assistiam também pensaram isso.

Isto quer dizer que, embora tivesse sido um *fujite*, Otake conhecia sua resposta com três meses de antecipação. No movimento seguinte, da preta 101, apenas atacou o território branco do lado direito inferior. Aos olhos dos amadores como nós, só havia um caminho: saltar um ponto sobre a segunda linha, da preta 87. Todavia, Otake não decidiu até o meio-dia, hora do intervalo para o almoço.

O mestre saiu ao jardim nesse intervalo, o que era algo raro. O sol iluminava os ramos de *ume* e as agulhas dos pinheiros. As arálias e a *tsuwafuki*[87] estavam em flor. No pé da camélia que havia debaixo da janela do quarto de Otake, uma flor com as pétalas pintadas se abrira antes do tempo. O mestre parou para contemplá-la.

À tarde, os pinheiros projetavam sua sombra no *shoji* da sala de jogo. Os *mejiro*[88] se aproximaram, chilreando. Grandes

---

87. Planta da família das *Chrysanthemum* (*Farfugium japonicum*), de flores amarelas com forma singela. As folhas, em forma de coração, têm uso medicinal.
88. Literalmente, "olhos-brancos": passarinho nativo do Japão, de plumagem verde, com um círculo branco ao redor dos olhos (*Zosterops palpebrosa japonica*).

carpas nadavam na fonte ao lado da varanda da sala. As carpas da Naraya, em Hakone, eram coloridas, mas as da Dankoen eram todas escuras.

Como Otake demorou um longo tempo para decidir a preta 101, até mesmo o mestre se cansou de esperar e fechou as pálpebras, calmamente, como se adormecesse. Yasunaga, quarto dan, que assistia sentado de pernas cruzadas no modo do zen, disse, quase para si:

— De fato, é complicado — e fechou os olhos.

Que dificuldade seria essa? Bastava saltar um ponto e tomar a posição 18-13. Achei estranho e cheguei a suspeitar se ele estaria demorando de propósito para decidir aquela jogada. A impaciência dos organizadores era visível. Mais tarde, na entrevista intitulada "Considerações dos Jogadores", Otake confessou ter ficado em grande dúvida se saltaria para 18-13 ou nadaria para 18-12; e o mestre também disse em sua análise que seria difícil avaliar "qual das duas opções teria maior ou menor mérito". Apesar disso, o fato de Otake ter gasto três horas e meia no primeiro movimento após o longo recesso, de qualquer modo, causou uma impressão estranha aos participantes. Com esse único movimento, o sol do outono se pôs e as luzes foram acesas.

Em apenas cinco minutos, o mestre "enfiou" a branca 102 no espaço deixado pela preta que havia saltado. Para colocar a preta 105, Otake, mais uma vez, deliberou por 42 minutos. No primeiro dia em Itô, o jogo avançou apenas cinco movimentos e terminou com um *fujite* com a preta 105.

O tempo gasto nesse dia pelo mestre foi de apenas dez minutos, enquanto Otake gastou quatro horas e quatorze minutos. Ao todo, as pretas haviam consumido 21 horas e vinte minutos, mais do que a metade do inédito tempo de quarenta horas.

Nesse dia, os árbitros Onoda e Iwamoto não compareceram por estarem participando do grande torneio do Nihon Ki-in.

— Ultimamente, o go de Otake é sombrio — dissera-me Iwamoto, em Hakone.

— Também o go pode ser sombrio ou alegre? — perguntei.

— Claro que sim! É a cor da característica do go. Digamos que é melancólico. Dá impressão sombria. Isso independe de vitória ou derrota, é óbvio; por isso, não estou dizendo que Otake tenha ficado mais fraco...

Os resultados dos jogos de Otake, sétimo dan, eram muito desiguais. No Grande Torneio da Primavera do Nihon Ki-in, fora derrotado em oito jogos; mas, no campeonato organizado pelo jornal com o objetivo de selecionar o desafiante do mestre no jogo de despedida, foi o vencedor absoluto.

De fato, não achei alegre seu modo de jogar contra o mestre. Causava-me uma impressão opressiva, como se ele emergisse da profundidade da terra, como se trancasse a respiração antes de berrar com toda a força. Parecia que uma força endurecida se debatia dentro dele, não conseguindo transbordar e fluir livremente. Não havia leveza nos passos iniciais; porém, com o avançar do jogo, sua técnica parecia ser a de ir roendo aos poucos o trabalho do adversário.

Eu soube também que, a grosso modo, há dois tipos de jogadores. Aquele que joga sempre pensando que lhe falta algo, e o que acha que nada lhe falta; por exemplo, se

Otake é do primeiro tipo, Go Seigen, sexto dan, pertence ao segundo tipo.

Imagino que Otake, por ser do primeiro tipo, não conseguia decidir nenhum lance numa partida como essa, que ele próprio classificou como sendo extremamente delicada, sem antes estabelecer uma previsão segura.

33

Não foi surpresa o fato de ter surgido uma confusão no final do primeiro dia em Itô. A situação se complicou a ponto de não se poder definir o dia da próxima sessão. Do mesmo modo que em Hakone, tentaram mudar as condições de jogo por causa da enfermidade do mestre, mas Otake, sétimo dan, não aceitou a mudança. Ele estava mais inflexível do que em Hakone. Sem dúvida, a experiência em Hakone fora dura para ele.

Como eu não podia relatar desentendimentos internos na minha reportagem, não me recordo bem do que aconteceu, mas o problema teria sido a programação das sessões. A combinação inicial fora a cada quinto dia, deixando quatro dias entre uma e outra sessão, e assim acontecera em Hakone. O intervalo de quatro dias era para recuperar o fôlego, mas o confinamento na hospedaria aumentava o desgaste do idoso mestre. Com o agravamento do seu estado, foi levantada a possibilidade de reduzir esse intervalo, mas Otake recusou a mudança. Somente o último confronto foi antecipado, realizando-se no quarto dia. Contudo, houve apenas um lance, a branca 100 do mestre, e nada mais. Os compromissos quanto ao dia das sessões foram respeitados, mas quanto ao horário, das dez da manhã às quatro da tarde, acabaram ficando impossíveis.

A doença cardíaca do mestre já era crônica, e não se poderia estabelecer um prazo para a cura completa. Foi por isso que o doutor Inada, do hospital São Lucas, relutara em concordar com a ida do mestre para Itô; no entanto, recomendou que a partida terminasse dentro de um mês, desde que fosse possível. No primeiro dia em Itô, as pálpebras do mestre incharam um pouco quando ele estava diante do tabuleiro.

Preocupado com a doença, o mestre desejava ficar livre o quanto antes das pressões da competição. Por seu lado, a empresa jornalística queria, de um modo ou outro, chegar ao término dessa partida, que gozava de grande popularidade entre os leitores. Seria perigoso se o jogo se arrastasse muito. A única solução seria reduzir o intervalo entre uma sessão e outra. Porém, Otake não se deixava convencer.

— Na qualidade de amigo de longa data de Otake, conversarei com ele — ofereceu-se Murashima, quinto dan.

Ele e Otake, que eram jogadores mirins na região de Kansai, tinham vindo ainda meninos para Tóquio. Murashima buscou a escola Hon'inbo, enquanto Otake se tornou discípulo de Suzuki, sétimo dan, mas havia uma camaradagem que vinha dos tempos de infância, como também do seu relacionamento como profissionais de go. Por causa disso, Murashima estava otimista, achando que Otake compreenderia e aceitaria se ele lhe explicasse as razões dessa necessidade. Contou inclusive sobre o agravamento da saúde do mestre; mas, ao contrário do que se esperava, isso resultou no endurecimento da atitude de Otake. "Esconderam-me o estado do mestre e mais uma vez me obrigam a jogar com um doente?", queixou-se Otake aos organizadores.

O próprio fato de Murashima, quinto dan, um discípulo do mestre, ter ficado na hospedaria onde acontecia a competição e se encontrado com o mestre irritara Otake, pois comprometia a inviolabilidade do jogo. Maeda, sexto dan, um discípulo do mestre e cunhado de Otake, quando vinha a Hakone não entrava nos aposentos do mestre e pernoitava em outra hospedaria. O fato de Murashima ter apelado à amizade e ao sentimento humano para tentar alterar as condições do jogo, que deveriam ser algo solene e respeitável, causara mais descontentamento a Otake.

Antes de tudo, ele se sentiu desgostoso em jogar mais uma vez com um idoso doente. E o fato de o mestre Shusai ser esse adversário deixava Otake numa situação ainda mais delicada.

A situação se complicou tanto que Otake ameaçou abandonar a partida. Da mesma forma que acontecera em Hakone, a esposa veio de Hiratsuka, trazendo o bebê, para tentar persuadir o marido. Foi chamado um tal de Togo, especialista em cura por meio da palma das mãos. Ele era conhecido entre os profissionais de go por causa de Otake, que recomendava seu tratamento. Comentava-se que, além de entusiasta do tratamento de Togo, Otake tinha muito respeito por seus conselhos a respeito de assuntos pessoais. O homem tinha a aparência de um asceta. Otake, que tinha hábito de ler o *Sutra do Lótus* todas as manhãs, tendia a acreditar profundamente nas pessoas, como se nelas buscasse uma salvação. E ele era o tipo de pessoa que nunca se esquecia do sentimento de gratidão.

— Com certeza o senhor Otake vai seguir os conselhos do senhor Togo. Ele é da opinião de que se deve jogar — disse um dos organizadores.

Aproveitando a oportunidade, Otake me disse que eu devia consultá-lo para avaliar minha condição física. Falava de modo dedicado e gentil. Fui vê-lo no quarto de Otake. Togo sentiu meu corpo com as palmas das mãos e, em seguida, disse:

— Não há nada de errado. É magro, mas tem longevidade.

E continuou por algum tempo com suas palmas voltadas para o meu peito. Quando toquei o lado direito do peito com minha mão sobre o grosso roupão forrado de algodão, notei-o aquecido. Era algo fantástico. Togo aproximara igualmente ambas as palmas, sem tocar em mim; mas no lado direito do peito o roupão se aqueceu e no esquerdo continuou frio. Segundo sua explicação, o calor proveio de uma espécie de toxina do lado direito que foi expelida pelo tratamento. Eu nunca sentira sinais de doença nos pulmões ou pleura, nem os exames de radiografia acusaram qualquer mal; no entanto, podia ter havido alguma moléstia que contraí sem saber quando, pois algumas vezes sentia certa opressão no lado direito do peito. Talvez fosse isso que tivesse feito surgir o efeito das palmas das mãos de Togo, mas o aquecimento que atravessou a camada de algodão do roupão me surpreendeu de verdade.

Togo me disse que, para Otake, participar dessa partida era uma missão importante e, caso viesse a abandoná-la, sofreria críticas de toda uma geração.

O mestre ficou aguardando o resultado das negociações entre Otake e os organizadores; enquanto isso, não havia nada a fazer. Como ninguém lhe contava os detalhes, não deve ter sabido que a situação estava complicada a ponto de Otake ameaçar abandonar o jogo. Contudo, os dias iam passando em vão, e todos se sentiam impacientes. O mestre resolveu ir à hospedaria Kawana para se distrair e me convidou para ir com ele. No dia seguinte, era minha vez de convidar Otake.

Eu havia deduzido que, cedo ou tarde, Otake seria convencido a retomar o jogo, pois, apesar de ter declarado que o abandonaria, ele não voltou para casa e permaneceu confinado na hospedaria onde era realizado o jogo. Foi o que aconteceu, e chegaram a um acordo no dia 23: um encontro a cada três dias e o término da sessão às quatro da tarde. A solução veio no quinto dia após a suspensão do jogo no dia 18.

Em Hakone, quando o confronto a cada cinco dias fora mudado para a cada quatro dias, Otake se queixara:

— Um intervalo de três dias não é suficiente para eu descansar. Nem consigo me concentrar em duas horas e meia por dia de jogo.

Dessa vez, o recesso entre as sessões foi reduzido para dois dias.

34

Todavia, mal chegaram a um acordo e de novo surgiram obstáculos.
Assim que recebeu a notícia de que o problema foi resolvido, o mestre disse aos organizadores:
— Então começaremos amanhã.
Porém, Otake queria descansar no dia seguinte para recomeçar no outro.
O mestre estava entediado, esperando com impaciência, e, já que o jogo seria reiniciado, entusiasmou-se e queria recomeçá-lo logo. Adiantou um passo com simplicidade. Mas Otake foi precavido. Queria serenar sua mente, renovar seu preparo espiritual antes de reiniciar o jogo, pois sua cabeça ficara exaurida nesses dias de confusão. Era a diferença de caráter dos dois. E Otake sofria ainda de desarranjo intestinal de fundo nervoso. Somado a tudo isso, seu filho, que estava na hospedaria, apanhou uma gripe e tinha febre alta. Otake, que era um pai extremamente dedicado, estava bem preocupado. Não tinha condições de iniciar o jogo no dia seguinte.
Na verdade, foi uma total inabilidade dos organizadores terem feito o mestre esperar em vão até aquela data. Era

impossível dizer ao mestre, que estava todo entusiasmado, para esperar mais um dia por causa da indisposição de Otake. A decisão do mestre de começar no dia seguinte era absoluta para os organizadores. Levando em conta a diferença de classe entre os dois, passaram a pressionar Otake. Este se enfureceu. Era o pior momento para tratar desse assunto, pois ele já estava bastante nervoso. Otake declarou que iria abandonar o jogo.

Yawata, secretário do Nihon Ki-in, e Goi, repórter do *Diário de Tóquio*, estavam sentados numa saleta do segundo piso com ar esgotado, sem ânimo para conversar. Não sabiam mais o que fazer e estavam quase desistindo de suas tarefas. Os dois eram de pouca fala e não tinham habilidade no trato com as pessoas. Depois do jantar, fui sentar com eles. Uma empregada da hospedaria veio me procurar.

— Senhor Uragami, o senhor Otake deseja falar com o senhor e o aguarda na outra sala — disse ela.

— Falar comigo?

Era inesperado. Os outros dois também me olharam. A empregada me conduziu a uma sala espaçosa, onde Otake estava sentado sozinho. Havia um braseiro aceso, mas fazia frio.

— Peço desculpas por incomodá-lo. Agradeço ao senhor por ter me dispensado tantas atenções por todo esse tempo, mas tomei a decisão de abandonar o jogo. Do modo como vem acontecendo, é impossível continuar — disse Otake, sem rodeios.

— Bem...

— Por isso, queria me encontrar com o senhor e apresentar minhas escusas...

Eu era apenas um jornalista deste confronto e não ocupava uma função para receber um cumprimento especial; no entanto, após essa sua manifestação formal, que era uma demonstração de muita simpatia por mim, ficou evidente que meu interesse no caso tinha que mudar. Não podia simplesmente escutar sem fazer caso.

Em todas essas confusões que vinham acontecendo desde Hakone, me mantive como simples espectador e não dei nenhuma opinião por achar que os assuntos não me diziam respeito. Mesmo nesse momento, Otake não estava ali para me consultar, apenas me informava sua decisão. Porém, enquanto eu escutava suas queixas, sentado em frente a ele, nasceu em mim uma vontade de opinar e, se fosse possível, até de oferecer meus serviços como mediador.

Eu disse mais ou menos que, como desafiante do jogo de despedida do mestre Shusai, Otake, sétimo dan, estava lutando sozinho, mas quem lutava não era o indivíduo Otake. Ele estava competindo com o mestre como um profissional da nova geração, como seu representante, para manter o fluxo da história. Otake fora escolhido porque vencera o torneio Seleção do Desafiante no Jogo de Despedida do Mestre, que durou quase um ano inteiro. Inicialmente, na eliminatória da categoria sexto dan, venceram Kubomatsu e Maeda; e na etapa seguinte estes se juntaram a quatro da categoria sétimo dan — Suzuki, Segoe, Kato e Otake — e competiram em sistema de todos contra todos. Otake derrotara os cinco, saindo vencedor absoluto. Derrotara, inclusive, seus dois ex-professores Suzuki e Kubomatsu. Suzuki estaria lamentado até aquele momento, pois na época em que jogava forte vencera mais vezes do que o mestre Shusai os confrontos com vantagem mínima e estava para desafiá-lo em jogo de igualdade, porém o mestre o evitara. O sentimento de consideração de um discípulo seria o de dar uma última oportunidade ao seu velho professor de desafiar o mestre, porém Otake o derrotara. Por outro lado, os dois que ficaram para a decisão final foram Kubomatsu e seu discípulo Otake, cada um com quatro vitórias. Isto significava que Otake se confrontaria com o mestre, em vez de seus dois ex-professores. Não havia dúvida de que o jovem Otake era um representante muito mais significativo do go da atualidade do que os patriarcas Suzuki e Kubomatsu. Além disso, seu melhor amigo e rival, Go Seigen, sexto dan, que seria um representante de igual valor, já havia sido derrotado pelo mestre há cinco anos num jogo em que usou uma nova técnica de iniciar a partida. Mesmo que tivesse ganhado o campeonato, ele era quinto dan na época, a partida teria sido então com handicap e diferente ordem; Go, portanto, não teria como participar do jogo de despedida. O último jogo de defesa de título do mestre, antes dessa partida com Go Seigen, foi doze ou treze anos atrás com Karigane, sétimo dan. Foi um confronto entre o Nihon Ki-in e a Kisei-sha, e, embora Karigane tenha sido o rival do mestre, já havia sido derrotado outras vezes. Não foi então nada mais do que mais uma vitória do mestre. Enfim, o último jogo para defesa de título do "mestre invencível" era esse da sua despedida. Tinha um valor bem diferente do que aqueles com Go e Karigane. Mesmo que Otake vencesse o mestre, não surgiria de imediato a questão da sucessão do posto de mestre, mas um jogo de despedida é um marco da mudança de uma época, passagem para um novo tempo, e iria proporcionar uma nova vitalidade ao mundo do go. A interrupção deste jogo seria como cortar o fluxo da história. A responsabilidade de Otake, sétimo dan, era imensa, e não seria sensato abandonar o jogo movido pelas circunstâncias e pelo sentimento pessoal. Faltavam ainda 35 anos para ele chegar à idade do mestre. Isto é, cinco anos a mais do que o tempo de vida de Otake. Comparado a ele, que cresceu sob a proteção do Nihon Ki-in num período de prosperidade do go, o mestre tivera que superar atribulações inimagináveis nos tempos idos. Desde o princípio da ascensão do go na Era Meiji até a prosperidade dos tempos modernos, bem ou mal o mestre vinha carregando toda a responsabilidade nas costas como o jogador número um do mundo do go. Fazer com que conclua o jogo de despedida de uma vida de 65 anos não seria uma conduta que se espera de seu sucessor? Em Hakone, embora tenha havido certo comportamento arbitrário do doente, o idoso homem suportou bem as dores e continuou jogando. Ainda não tinha se restabelecido de todo, mas desejou concluir a partida em Itô e compareceu com os cabelos brancos tingidos. Devia estar apostando a própria vida. Por tudo isso, caso o jovem desafiante viesse a abandonar o jogo, o mestre seria visto com toda a simpatia e compaixão, e Otake seria alvo de crítica e censura. Mesmo que Otake tivesse justas razões, acabariam caindo em discussões inúteis ou acusações injuriosas; ninguém ficaria sabendo o que ocorrera de verdade. Já que se tratava de um histórico jogo de despedida, o abandono de Otake, sétimo dan, também ficaria na história. Antes de tudo, a responsabilidade da geração emergente estava com Otake. Se abandonasse agora, meras conjecturas de quem teria sido vencedor acabariam se transformando em ruidosos e escandalosos boatos. Seria correto para um profissional da geração mais jovem arruinar o jogo de despedida do idoso mestre enfermo?

Interrompendo várias vezes, eu falei muito, o que não era meu costume, ponderando diversos aspectos. No entanto, Otake continuou imutável. Não disse que iria jogar. Sem dúvida, ele tinha motivos justos, vinha se resignando e concedendo, e o acúmulo de insatisfação passara do limite do suportável. Desta vez também, logo que fizera mais uma concessão, já queriam que ele recomeçasse na manhã seguinte, não tiveram a menor consideração com o sentimento e disposição dele. Sendo assim, seria preferível não jogar por questão de honestidade, pois era impossível jogar de modo satisfatório.

— Então, se for adiado por um dia e recomeçar depois de amanhã, o senhor concorda? — perguntei.

— Sim, isso sim. Porém, mais eu não posso.

— O senhor concorda se for depois de amanhã? — insisti.

Saí de lá sem dizer que pretendia conversar com o mestre. Otake repetiu o propósito de abandonar o jogo.

Retornei à sala dos organizadores. O repórter Goi estava deitado nos tatames, fazendo seu braço de travesseiro.

— O senhor Otake disse que não vai jogar, não foi? — perguntou.

— Isso é o que ele queria. Otake me pediu para transmitir sua posição.

Com suas costas gordas encurvadas, Yawata estava recostado na mesa baixa.

— Ele concorda se o jogo for adiado por um dia. Então, que acham de eu pedir isso ao mestre? — propus. — Permitem-me ir falar com o mestre?

Fui aos seus aposentos e, logo ao me sentar, disse-lhe:
— Na verdade, tenho um pedido para fazer ao senhor...
— comecei. — Eu não estou no direito de lhe pedir uma coisa como esta e sei que estou me intrometendo, mas vim para lhe consultar se o senhor consentiria em adiar a sessão de amanhã para depois de amanhã. O senhor Otake está pedindo que se protele por um dia. Está preocupado com o filhinho, que está aqui e ficou doente, tem febre alta, e o senhor Otake está com desarranjo intestinal...

O mestre ficou me ouvindo com expressão de espanto.
— Está bem — disse com simplicidade. — Assim faremos.

Súbito, senti as lágrimas subirem. Foi inesperado para mim.

Minha tarefa terminou sem dificuldade alguma, mas, como não podia me retirar logo em seguida, fiquei conversando um pouco com a senhora. Enquanto isso, o mestre não comentou mais nada sobre o adiamento nem sobre Otake. Uma protelação por um dia pode não parecer importante; no entanto, o mestre estava cansado de esperar por tanto tempo. Para um jogador, é realmente algo bem grave ser frustrado em seu entusiasmo no meio de uma competição, quando finalmente poderia reiniciar a partida no dia seguinte. Tão grave que os organizadores não tiveram coragem de falar com o mestre. Sem dúvida, o mestre imaginou que se tratava de algo extraordinário o fato de eu ter ido pedir-lhe esse favor, mas sua atitude totalmente casual em concordar me deixou sensibilizado.

Passei na sala dos organizadores para dar essa informação e fui aos aposentos de Otake.
— O mestre concordou em adiar por um dia, disse que pode ser depois de amanhã.

Otake pareceu ter ficado surpreso.

— Desta vez, o mestre cedeu para o senhor, por isso, da próxima vez que acontecer alguma coisa, o senhor poderia também fazer uma concessão ao mestre — disse-lhe.

Sua esposa, que estava deitada cuidando da criança doente, agradeceu-me polidamente. O aposento estava em desordem.

35

Dois dias depois, em 25 de novembro, o jogo foi reiniciado conforme combinado. Haviam se passado sete dias após a última sessão, no dia 18. Os árbitros Onoda e Iwamoto chegaram na noite anterior, pois se encontravam no intervalo do grande torneio do Nihon Ki-in.

O assento preparado para o mestre, com coxim de damasco escarlate e apoio de braço em roxo, parecia o de um monge budista. Todos os mestres da casa Hon'inbo tornaram-se monges, desde o fundador da casa, Sansho, cujo nome religioso é Nikkai.

— Este mestre também se tornou monge, com o nome búdico de Nichion. Ele possui a própria estola e o hábito oficial de monge — disse-me Yawata.

Na parede da sala de jogo havia um quadro com uma caligrafia de Hanpou[89]: "A vida é um fragmento da paisagem."[90] Contemplando os seis ideogramas no quadro, cujo lado direito estava um pouco caído, lembrei-me de que um jornal informara

---

89. Hanpou Yamaguchi (1869-1939). Calígrafo japonês.
90. No original, "Shogai ippen sansui".

o grave estado do doutor Sanae Takada.[91] Em outra parede, havia um quadro do doutor Takeshi Mishima[92], que usava o nome artístico Chushu, e tinha como tema as doze melhores paisagens de Itô. Na sala contígua de oito tatames, pendia um rolo de caligrafia com um poema sobre um monge peregrino. Um braseiro de palóvnia em forma oval havia sido colocado ao lado do mestre. Como estavam preocupados com seu ligeiro resfriado, puseram ainda às suas costas um braseiro grande e retangular. Nos dois braseiros havia sempre água fervendo. Aceitando a gentileza de Otake, o mestre mantinha o cachecol e, para se proteger do frio, estava metido num roupão semelhante a uma capa de seda para quimono, forrado de lã e tricotado. Tinha um pouco de febre.

O *fujite* feito com a preta 105 foi aberto, e dois minutos depois o mestre lançou a branca 106, mas Otake entrou outra vez numa longa reflexão.

— Que estranho. Vai me faltar tempo — dizia para si como se estivesse em delírio. — Até um valentão se espanta quando esgota quarenta horas. Nunca se viu isso desde que o mundo começou. Desperdiçar o tempo em vão, sim senhor! Eu deveria decidir num minutinho...

Os *hiyodori*[93] trinavam intensamente apesar do céu nublado. Fui à varanda e notei duas flores de *satsuki*[94]

---

91. Sanae Takada (1860-1938), estadista, educador e crítico de arte japonês. Foi ministro da Educação e Cultura (1915-16).
92. Takeshi Mishima (1844-1919), educador e calígrafo. Chushu é seu nome artístico.
93. Passarinho nativo do Japão, de cerca de 20 centímetros (*Hypsipetes amaurotis*).
94. Planta nativa do Japão, semelhante à azaleia (*Rododendron indicum*). Floresce no começo do verão.

abertas fora da época. Vi também vários botões. Uma alvéola cinzenta se aproximava da varanda. Escutei ao longe o som do motor puxando água quente para a terma.

Otake demorou uma hora e três minutos para decidir a preta 107. A preta 101 invadiu a formação das brancas do lado direito inferior, o que rendeu uns quatorze ou quinze pontos, e necessitou de uma resposta imediata. Com a preta 107, que embora não demandasse uma pronta resposta, Otake ampliou seu território na área inferior esquerda, garantindo cerca de vinte pontos. Em ambos os casos, nós, observadores, achamos que esses grandes proveitos iriam para o lado preto, e, de fato, as pretas tiveram sorte na sequência das jogadas.

Entretanto, agora as brancas passaram à ofensiva. Com uma expressão severa, o mestre cerrou as pálpebras e sua respiração se tornou pausada; sem saber quando, seu rosto tomou uma cor acobreada. Os músculos das bochechas se mexiam espasmodicamente. O mestre parecia não escutar o ruído do vento, que acabara de começar, nem o som dos tambores da seita Hokke[95], que passava por perto. Mesmo assim, o mestre jogou em 47 minutos. Foi a única longa deliberação do mestre nas sessões em Itô. Mas na vez seguinte, a da preta 109, Otake despendeu duas horas e 43 minutos e acabou sendo o *fujite*. Nesse dia, só avançaram quatro movimentos. O tempo utilizado por Otake foi de três horas e 46 minutos; e pelo mestre, de apenas 49 minutos.

Acontece toda hora aquele momento crucial de agora ou nunca. É massacrante — disse Otake, meio que brincando, quando se levantou para o almoço.

---

95. Seita budista de Lótus fundada por Nichiren.

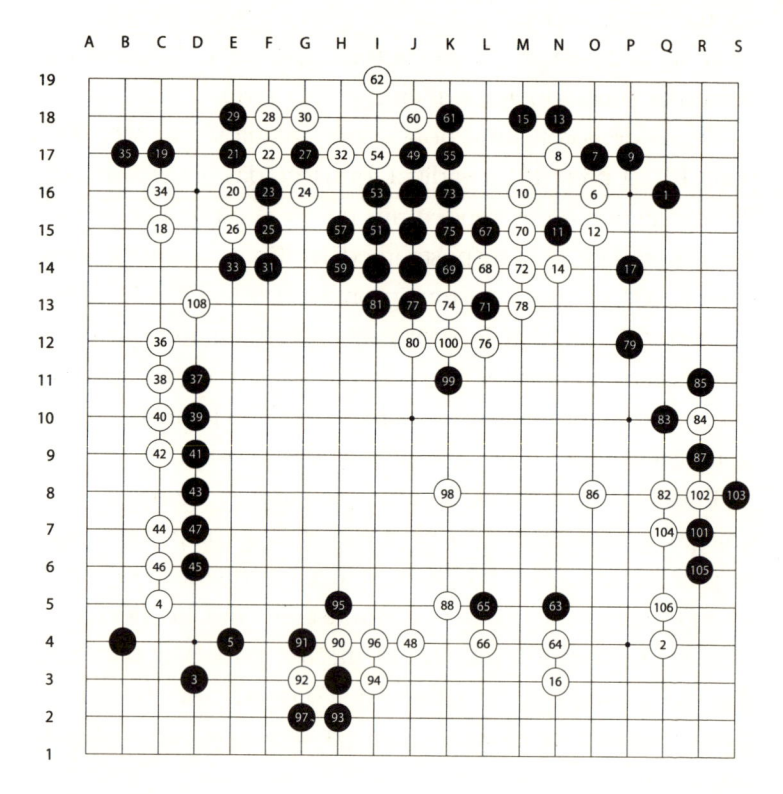

A branca 108, além de ameaçar as pretas do canto esquerdo superior e, ao mesmo tempo, dissolver a espessura delas na região central, teve a função de defender a formação branca da região esquerda. Foi um movimento excelente. Em sua análise, Go Seigen comentou:

— Esse lance da branca 108 foi uma jogada extremamente difícil. Nós todos observávamos com grande interesse, procurando saber onde ele iria colocá-la.

36

Na manhã da sessão seguinte, após dois dias de recesso, o mestre e Otake se queixaram de dor de barriga. Por causa disso, Otake perdera o sono desde as cinco da manhã.

Assim que abriu o *fujite* feito pela preta 109, Otake despiu seu *hakama* e foi ao banheiro; quando retornou e viu a branca 110, disse:

— Já jogou? — estava surpreso.

— Tomei a liberdade na sua ausência... — desculpou-se mestre.

Cruzando os braços, Otake escutou o som do vento e disse:

— Ainda não é o *kogarashi*.[96] Ou será que já é o *kogarashi*? Ainda estamos no dia 28 de novembro.

O vento oeste da noite anterior cessou de madrugada, mas de vez em quando atravessava o céu.

Como a branca 108 visava à formação das pretas do canto superior esquerdo, Otake a defendeu com as pretas 109 e 111 e conseguiu sobreviver sem perder pedras. Caso fosse atacada pelas brancas, a formação das pretas nesse

---

96. Vento frio e seco do início do inverno.

canto ficaria em dificuldade, ou com a morte das pedras ou cairia na situação de *ko*[97], semelhante às questões tratadas em um livro de exercícios; era difícil decidir entre as várias soluções possíveis.

— Estou vendo que preciso dar um jeito agora mesmo neste canto. É uma dívida que venho arrastando por muito tempo. Numa dívida, os juros crescem muito rápido — disse Otake, quando foi aberto o *fujite* feito pela preta 109. E assim o enigma desse canto foi dissolvido pela jogada das pretas, terminando de modo pacífico.

Nesse dia, avançaram cinco movimentos antes das onze da manhã, o que era raro acontecer. Contudo, chegara o momento de apostar o destino da luta, e era óbvio que Otake demoraria a decidir a preta 115, pois era a partir dela que as pretas iriam apagar a grande mancha desenhada pelas pedras brancas.

Enquanto esperava a jogada das pretas, o mestre começou a conversar a respeito de restaurantes de Atami especializados em enguia; o Sawasho e o Jubako eram especialmente deliciosos. Surgiu uma história sobre o tempo em que a linha de trem só chegava até Yokohama, onde se tinha de tomar uma liteira e pernoitar em Odawara para chegar a Atami.

— Eu tinha uns treze anos, faz mais ou menos cinquenta anos...

— É uma história muito antiga, não é? Não sei se meu pai já tinha nascido ou não... — riu Otake.

---

97. Situação do go em que dois jogadores podem capturar, alternadamente, a pedra do outro de forma infinita. Para evitar que isto ocorra, a regra de *ko* determina que quem sofrer primeiro a captura da pedra não pode capturar a do adversário na jogada imediatamente seguinte.

Enquanto continuava a refletir, Otake se queixou de dor de barriga e foi duas ou três vezes ao banheiro. Na sua ausência, o mestre comentou:

— É mesmo perseverante. Já deve fazer mais de uma hora.

— Mais um pouco e vai fazer uma hora e meia.

Quando a jovem dos registros estava falando, soou a sirene do meio-dia. Com a habilidade do seu ofício, ela mediu o longo toque.

— O toque dura exatamente um minuto. Quando faz um "quiiin" é 55 segundos.

Ao retornar a seu lugar, Otake passou Salomethyl na testa, esfregou e estalou os dedos. A seu lado havia também gotas Smile para os olhos. Observando-o, achei que não decidiria antes do recesso para o almoço, ao meio-dia e meia, porém o som vigoroso da pedra batendo no tabuleiro ressoou às doze horas e oito minutos.

O mestre, que estava recostado no apoio de braço, deixou escapar:

— Humm.

Endireitou-se, puxou o queixo para si, levantou as pálpebras superiores e fitou como se transpassasse o tabuleiro. Suas pálpebras eram grossas, e as linhas de corte profundo que iam das pestanas até os globos oculares tornavam esse olhar penetrante límpido e luminoso.

O movimento da preta 115 foi obstinadamente prudente, mas as brancas precisavam defender seu território de modo inexorável. Chegou a hora do recesso para o almoço.

À tarde, Otake ocupou seu lugar ao tabuleiro, mas se levantou em seguida e foi ao seu aposento para passar remédio na garganta. Retornou, exalando o cheiro do remédio. Pingou as gotas nos olhos. Carregava dois aquecedores portáteis nas mangas. A branca 116 foi decidida em 22 minutos. Daí até a branca 120 o mestre avançou em rápida sucessão. Segundo a forma clássica, a estratégia seria receber de forma displicente com a branca 120 o ataque adversário, mas ele preferiu um bloqueio severo, mesmo que resultasse na formação de um triângulo pouco estável. O importante era a concentração de energia para a luta. Não era possível ceder numa partida apertada como esta, pois se se descuidasse perderia mais de um ponto. Decidir em apenas um minuto um lance tão delicado, que podia determinar o destino do jogo, teria dado um frio no íntimo do adversário Otake. E não foi só isso, logo que acabou de jogar a branca 120 o mestre começou a fazer um cálculo mental. Contava com rapidez os pontos do tabuleiro, fazendo pequenos balanços com a cabeça; esse cálculo mental parecia algo sinistro que o acossava de forma implacável.

Corriam rumores de que a vitória ou a derrota seria por uma diferença de um ponto. Nesse momento, caso as brancas se mantivessem em dois pontos, também as pretas teriam que dar um passo firme. Otake retorceu o corpo angustiado, apareceram pela primeira vez veias azuis nas têmporas de seu rosto redondo e infantil. O som do abano do leque se tornou áspero, revelando sua irritação.

Até o friorento mestre abriu o leque e se abanava nervosamente. Eu não conseguia olhar para os dois. Pouco depois, o mestre afrouxou a tensão do corpo e tomou uma postura descontraída. Era a vez de Otake.

— Eu começo a pensar e não tem mais fim. Estou com calor. Com sua licença — disse Otake e despiu o *haori*.

Como se tivesse sido instigado por isso, o mestre puxou para trás a gola de seu quimono com ambas as mãos e avançou a cabeça para frente. Foi um gesto engraçado.

— Ufa! Que calor! De novo, estou demorando muito. Que coisa incômoda... Vou acabar fazendo uma péssima jogada. Parece que vou provocar uma polêmica.

Parecia-me que Otake procurava conter o entusiasmo de querer decidir logo. Refletiu por uma hora e 44 minutos, e às três horas e 43 minutos a preta 121 fechou a sessão.

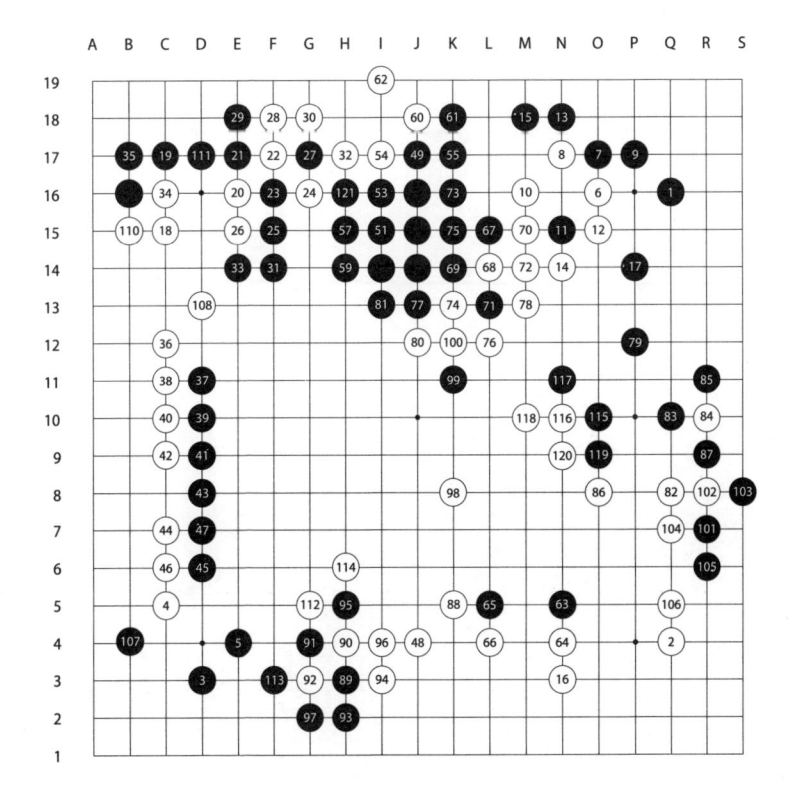

Desde o reinício em Itô, em três dias de confronto avançaram 21 movimentos, da preta 101 à preta 121. O tempo gasto pelo lado preto foi de onze horas e 48 minutos, enquanto o branco utilizou somente uma hora e 37 minutos. Se tivesse sido uma partida normal, Otake teria esgotado o tempo apenas nessas suas onze jogadas.

Essa diferença tão grande de tempos entre o mestre e Otake, sétimo dan, só pode ter sido causada por algum motivo psicológico ou fisiológico. Na realidade, o estilo do mestre também costumava ser de longa reflexão.

37

O vento oeste soprava noite após a noite. No entanto, a manhã da próxima sessão, no dia 1º de dezembro, estava ensolarada e agradável, até parecia que se formariam revérberos no ar.

No dia anterior, o mestre se distraiu com o *shogi* e depois foi jogar bilhar na cidade. À noite, ficou jogando *majongue* até as onze horas com Iwamoto, sexto dan, Murashima, quinto dan, e o secretário Yawata. Nessa manhã, levantou antes das oito e caminhou pelo jardim. Havia uma libélula vermelha caída no chão.

O quarto de Otake era no piso superior. O pé de bordo abaixo da sua janela ainda estava com folhas verdes até a metade. Ele levantou às sete e meia. Sentia tanta dor de barriga que disse que era capaz de cair doente. Sobre a mesa do seu aposento havia mais de dez medicamentos.

Parecia que o velho mestre se recuperara da gripe, mas o organismo do jovem Otake sofria de vários problemas. A aparência fisiológica dos dois não era uma prova, pois Otake tinha um temperamento muito mais nervoso do que o mestre. Quando deixava o local do jogo de go, o mestre se esforçava em esquecer a partida e procurava se entreter com outros jogos. Em seu aposento, ele não tocava nas pedras de go. Otake não negligenciava o jogo em andamento e, mesmo nos dias de folga, continuava a estudar, sentado ao tabuleiro. Sem dúvida, a diferença que havia entre eles não era só de idade, mas também de temperamento.

— O avião Condor chegou ontem às dez e meia da noite... — disse o mestre, aparecendo no quarto dos organizadores na manhã do dia 1º.

O sol matinal iluminava os *shoji* da parte sudeste da sala do jogo.

Entretanto, antes do reinício da partida, aconteceu algo inesperado.

Yawata exibiu o lacre do envelope aos jogadores para que eles verificassem e o abriu. Retirou o diagrama do jogo de dentro do envelope e, avançando o corpo sobre o tabuleiro, procurou no diagrama o *fujite* feito pela preta 121 e não encontrou.

O *fujite* é escrito no diagrama pelo próprio jogador, sem que seja visto pelo adversário e outros presentes, e colocado no envelope. Ao término da última sessão, Otake foi até o corredor para escrever. O envelope foi lacrado pelos dois jogadores e colocado num envelope maior, o qual recebeu um lacre do secretário Yawata e ficou guardado no cofre da hospedaria até esta manhã. Portanto, nem o mestre nem Yawata sabiam do *fujite* de Otake. Todavia, podiam prever até certo ponto, pois as possíveis jogadas eram comentadas. Além do mais, sendo o clímax desta partida, todos aguardavam com ansiedade para saber onde havia sido jogada a preta 121.

Era impossível que não existisse esta jogada, mas Yawata percorria o diagrama com olhos impacientes e não conseguia localizá-la. Por fim encontrou.

— Ah! — e pôs a pedra preta no local.

Como eu estava um pouco afastado do tabuleiro, não podia precisar onde fora colocada. Mesmo depois de saber do local, eu não entendia a razão de ter sido ali. A pedra havia sido posta na região superior direita, muito distante do campo central, onde se desenvolvia o combate, e totalmente isolada do resto.

Para um amador como eu, isso pareceu ter sido um lance para induzir uma situação de *ko*. Senti meu coração se nublar, e uma onda de revolta surgiu dentro de mim. Otake teria decidido aquele *fujite* só para poder se fechar? Usou o *fujite* como uma arma? Duvidei de sua covardia e baixeza.

— Pensei que ele fosse jogar na área central — disse Yawata, rindo, constrangido, e afastou o corpo do tabuleiro.

As pretas estavam se preparando para ir roendo a grande formação desenhada pelas brancas no lado direito inferior da região central, e estavam em plena batalha de ataque e defesa; não teriam como estender o ataque para outro lugar. Compreensivelmente, Yawata procurara na região de combate, do centro para a direita inferior.

Contra a preta 121, o mestre protegeu seus pontos jogando a branca 122 na área superior. Se se descuidasse, era a morte para oito pedras brancas. Era como se tivesse ignorado a resposta para a situação de *ko*.

Otake enfiou a mão no estojo e segurou uma pedra, mas voltou a refletir. O mestre apertava os punhos sobre as coxas, inclinava a cabeça, suspendendo a respiração.

Três minutos depois, como era de se esperar, Otake voltou a atacar a formação das brancas; para começar, invadiu com a preta 123 o lado direito inferior. Depois, com a preta 127, voltou à região central. E, enfim, penetrou, com a preta 129, na formação das brancas, decapitando a cabeça do triângulo que o mestre obstinadamente montara com a branca 120.

Go Seigen analisou mais tarde: "Por ter sido impedido de modo firme pela branca 120, o lado preto deve ter decidido também atacar firmemente e o fez com a sequência agressiva das pretas 123 a 129. Uma jogada como esta das pretas costuma acontecer em jogos apertados. Trata-se de uma questão de espírito bastante competitiva."

Porém, com o esforço desesperado das pretas, o mestre deixou de lado o ataque, ignorou aquele ponto e contra-atacou a região da direita, impedindo o avanço do adversário. Fiquei estarrecido e quase gritei. Era um movimento totalmente inesperado. Senti meus músculos se retesarem, atingidos por algo como uma energia diabólica do mestre. Apesar da visada certeira da preta 129, típica de Otake, o mestre deve ter descoberto um ponto fraco e, dando a volta rápida sobre si, decidiu pelo contra-ataque. Ou então teria buscado um violento combate em que nenhum dos dois sairia ileso. Derrubaria o inimigo mesmo que ele próprio ficasse ferido? A meu ver, a branca 130 foi muito mais uma jogada furiosa do mestre do que o resultado da energia do combate.

— Está ficando terrível, que coisa terrível. Isto aqui... — repetia Otake.

Enquanto deliberava o movimento seguinte, da preta 131, ao se levantar para o almoço continuou:

— Foi uma investida terrível. É um movimento tremendo, um terremoto dos grandes! Parece-me algo assombroso. Eu fiz jogadas agressivas demais, e agora ele vem torcer meu braço...

O observador Iwamoto disse, como se lamentasse:
— Assim deve acontecer também numa guerra...
Queria dizer com isso que na guerra real acontecem imprevistos que acabam decidindo o destino. Assim foi a branca 130. Com esse movimento, qualquer pretensão e estudos do adversário, as previsões dos jogadores profissionais, sem falar dos amadores, se foram pelos ares num piscar de olhos.

Como sou um amador, eu ainda não sabia que o movimento da branca 130 fora uma jogada desastrosa para o "mestre invencível".

38

Por se tratar de uma situação extraordinária, quando nos levantamos no intervalo do meio-dia segui o mestre sem motivo especial; ou talvez, de algum modo, a atitude do mestre parecia nos convidar. Ao entrar nos seus aposentos, ele se sentou e disse:

— O jogo já está definido. Estraguei tudo por causa do *fujite* do senhor Otake. Como se eu borrasse com tinta preta um quadro que vinha pintando com esmero. — Falava baixo, mas com intensidade na voz. — Quando vi aquilo, pensei seriamente em abandonar o jogo. Não havia mais o que fazer... Achei melhor abandonar. Mas fiquei indeciso e reconsiderei.

Não me recordo direito se Yawata estava lá, se o repórter Goi estava lá, ou se ambos estavam, mas, de qualquer modo, ficamos todos em silêncio.

— Para fazer essa jogada, ele estudou o jogo durante o recesso de dois dias! Isso foi desonesto! — disse o mestre, cuspindo as palavras.

Ninguém respondeu. Não podia dizer que concordava com ele, tampouco podia defender Otake. No entanto, sentíamos o mesmo que o mestre.

Naquele momento do jogo, eu não percebera que o mestre havia ficado tão enfurecido e decepcionado, a ponto de querer abandonar tudo. Nem seu semblante nem sua atitude diante do tabuleiro exprimiam seu sentimento íntimo. Ninguém percebeu a tamanha perturbação que passava em seu coração.

Na verdade, não observamos o mestre nesse meio tempo porque nossa atenção estava dirigida para Yawata, que não conseguia encontrar o *fujite* feito pela preta 121, e só depois de muita procura é que pôs a pedra no lugar. Além disso, a pedra seguinte, a branca 122, o mestre jogou logo depois, em menos de um minuto. Era natural que não notássemos sua perturbação. Se bem que esse "um minuto" não foi marcado a partir do momento em que Yawata encontrou o *fujite*, a contagem do tempo demorou para começar. De qualquer maneira, o mestre dominou o coração em um curto espaço de tempo e não alterou sua postura durante a partida.

As inesperadas palavras revoltadas vindas do mestre, que continuara a jogar de modo indiferente, atingiram-me sobremaneira. Pude discernir os sentimentos do mestre, que vinha lutando neste jogo de despedida desde junho até estes dias de dezembro.

O mestre vinha tratando esta partida como a criação de uma obra de arte. No exato momento em que o interesse e a tensão se elevavam — como numa pintura, por exemplo —; uma tinta nanquim fora jogada sem nenhum propósito. Também no go há intenções e processos criativos nos dois jogadores, que vão colocando, alternadamente, as pedras pretas e brancas; há fluxo de corações e harmonia como na música. Seria um desastre se ocorresse a súbita intromissão de uma nota falsa, ou se o parceiro do dueto criasse de repente uma confusão tocando uma modulação destoante. Um go em nível de obra de arte pode ser arruinado por um equívoco ou por uma observação descuidada do oponente. Não havia margem de dúvida de que a preta 121 de Otake rompera o fluxo e a harmonia daquele jogo, pois, de um modo ou de outro, causara surpresa, choque, suspeita e dúvida em todos nós.

Como era de se esperar, esse *fujite* se tornou alvo de crítica tanto no círculo dos praticantes de go quanto no mundo leigo. Era certo, para nós amadores, que o lance da preta 121 naquele momento parecia estranho e antinatural, e causava desconforto. Contudo, mais tarde, alguns profissionais consideraram que fora oportuno posicionar a preta 121 daquele modo.

— Eu pretendia usar o movimento da preta 121 algum dia — comentou Otake em "Considerações dos jogadores".

Em sua análise, Go Seigen apenas tocou de leve no significado da preta 121. Depois que as brancas jogassem em 5-1 ou 6-1 e fossem conectadas em diagonal, "mesmo com a jogada da preta 121, o lado branco não responderia com a 122 e sobreviveria jogando em 8-1. Assim, seria pouco proveitoso para as pretas criar uma situação de *ko*." Era provável que Otake tivesse jogado com esse mesmo propósito.

Por ter sido um *fujite* no clímax da batalha no campo central, causou a ira do mestre e levantou a suspeita das pessoas. Em outras palavras, se tivesse sido muito difícil decidir o último movimento daquele dia, ele poderia ter fechado a sessão, só como quebra-galho, com uma jogada como a da preta 121, e teria tido tempo suficiente para estudar até o reinício do jogo, no caso três dias depois, o lance que deveria ter feito antes do recesso. Também nos grandes torneios do Nihon Ki-in havia casos em que, quando chegava o último minuto e começava a contagem dos segundos, lançava-se mão de uma jogada qualquer só para criar um *ko* ou algo do tipo e, assim, procurar sobreviver por mais uns minutos. Havia quem procurasse tirar benefício do recesso ou do *fujite*. Novas regras geram novas estratégias. Pode não ter sido apenas uma casualidade o fato de, desde o reinício do jogo em Itô, as pretas terem feito o *fujite* quatro vezes seguidas. Aquele movimento da branca 120 fora tão cheio de vigor espiritual que o próprio mestre declarou: "Não me sentiria satisfeito jogando a branca 120 de forma descuidada." E o movimento seguinte foi a preta 121.

O importante, de qualquer modo, é que essa jogada de Otake naquela manhã deixou o mestre furioso, decepcionado e perturbado.

Em sua análise, depois de terminado o jogo, o mestre não tocou na preta 121.

Entretanto, um ano após, em uma análise apresentada num artigo do livro *Seleção de jogos de go*, em *Obras completas de go do mestre*, ele afirma claramente: "Agora seria o momento oportuno para a preta 121." E acrescenta: "Cabe salientar que, se eu tivesse deixado passar (depois que as brancas tivessem conectado as pedras na diagonal), haveria o perigo de a preta 121 não produzir efeito."

Já que o mestre, o próprio oponente no jogo, reconhece isso, não deve haver mais problema. Ele ficou furioso porque foi inesperado demais naquele momento. Ter duvidado da honestidade de Otake foi um equívoco motivado pela ira.

Talvez o mestre tivesse mencionado nesse artigo o movimento da preta 121 por ter se envergonhado de sua falta de sagacidade. No entanto, a publicação da *Seleção de jogos de go* aconteceu um ano após o jogo de despedida e cerca de seis meses antes da sua morte. É muito provável que tivesse se lembrado de Otake, que fora alvo de crítica, e reconhecido, agora com serenidade, aquela jogada da preta 121.

Se o "algum dia" dito por Otake, sétimo dan, foi o "agora" das palavras do mestre, continua sendo um pequeno enigma para um amador como eu.

39

Também é um enigma a razão de o mestre ter jogado a branca 130, o lance decisivo para sua derrota. Após pensar durante 27 minutos, às onze e 34 lançou aquela pedra. Não é impossível alguém cometer um engano depois de refletir quase meia hora, mas por que ele não esperou mais uma hora para emendar com o intervalo do almoço?, perguntava-me mais tarde, sentindo imensa pena. Se ele tivesse se afastado do tabuleiro por uma hora, teria feito uma jogada acertada. Não teria caído vítima do ataque de "um delinquente que está passando".[98] O lado branco ainda poderia usar 23 horas. Gastar uma ou duas horas não teria sido nenhum problema. No entanto, o mestre não incluiu o horário de almoço em sua estratégia de luta. O recesso aconteceu justo na vez da preta 131.

A branca 130 era um movimento semelhante ao contra--ataque em uma luta corpo a corpo. Segundo Otake, ele fora apanhado com o braço torcido. Go Seigen disse em sua análise: "É um momento delicado. A branca 130 pode

---

98. No original, "*toorima*": criminoso que atacava sem motivo uma vítima que cruzasse, por acaso, seu caminho.

ter sido uma jogada efetiva em resposta ao ataque de corte da preta 129."

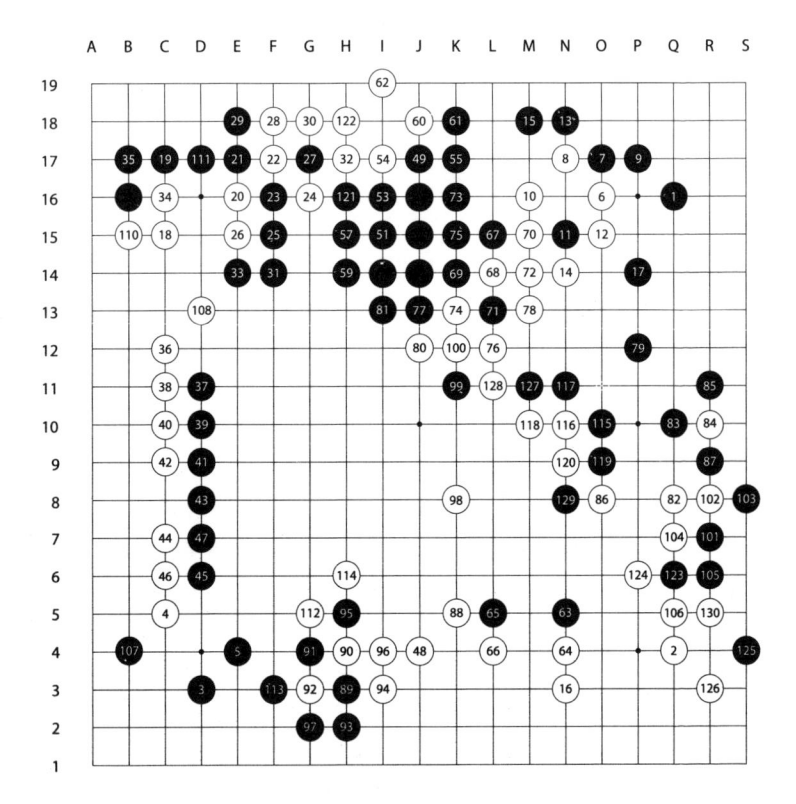

De fato, diante do corte aplicado pelas pretas, num esforço desesperado, não havia como o lado branco negligenciá-lo. As duas forças se confrontavam com toda a capacidade e determinação, como se fosse numa luta corpo a corpo, e se um deles recuasse o adversário desabaria no mesmo instante.

Desde o reinício das sessões em Itô, Otake estudou e reestudou, persistiu com obstinação até não poder mais, e suas jogadas foram sempre seguras, embora cautelosas. Assim, o corte da preta 129 foi uma explosão de energia do lado preto que alcançou o limite da tensão. Otake não deve ter ficado tão impressionado quanto nós com o retraimento da branca 130. Se as brancas tivessem tomado quatro pedras pretas do lado direito, restaria às pretas irromperem na formação das brancas na área central. Otake não tomou conhecimento da branca 130 e ligou a preta 131 com a 129. Como era de se esperar, o mestre voltou a defender a área central com a branca 132. Deveria ter combatido a preta 129 diretamente com a branca 130.

Em sua análise, o mestre lamentou:

"A branca 130 foi um lance que definiu minha derrota. Com esse movimento tive a intenção de cortar em 15-9, de maneira provisória, para sondar a resposta das pretas. Por exemplo, se o lado preto respondesse jogando no 15-8, isso significaria que a 130 estava correta. Ou seja, mesmo que se conectasse com a preta 131, esta branca não precisaria se preocupar com a jogada em diagonal das pretas em 16-12 e poderia, tranquilamente, consolidar a defesa do 12-11. Pensando em outras variações, o jogo se tornaria mais complexo do que o diagrama que temos, transformando-se numa luta extremamente apertada. As brancas sofreram ferimentos mortais com os implacáveis ataques das pretas a partir da 133. Depois disso, esforcei-me para recompor a situação, mas já não havia meios para reverter a situação em ruína."

Talvez aquele movimento que definiu a sorte das brancas tivesse sido motivado por uma falha psicológica ou fisiológica do mestre. A branca 130 parecia ser uma jogada forte, embora discreta, para os olhos de um amador como eu, a qual na ocasião interpretei como uma passagem à ofensiva do mestre, que até então estava na defensiva. Ao mesmo tempo, tive a impressão de que o mestre perdera a paciência de até então e que toda cólera que vinha sendo reprimida explodira de vez. Contudo, ele afirmou que bastava as brancas realizarem um corte nas pretas. Não creio que o erro dessa branca 130 fosse um efeito retardado por ele ter ficado furioso naquela manhã com o *fujite* de Otake, mas não estou certo. O próprio mestre não conhecia as marés de seu destino, ou o sopro do "delinquente que está passando" que se agitava no íntimo de seu coração.

Após o mestre ter jogado a branca 130, veio de algum lugar o som de uma *shakuhachi*, uma flauta de bambu, executada com grande habilidade, o que suavizou um pouco a tempestade que varria a face do tabuleiro. O mestre inclinou o ouvido.

— "Do alto da montanha, olha o fundo do vale, melão e beringela em plena floração..." — cantarolou o mestre. — Esta é a primeira música que se aprende quando se estuda *shakuhachi*. Há um instrumento de sopro chamado *hitoyogiri*[99], com um furo a menos que a *shakuhachi* — disse, parecendo se recordar de alguma coisa.

Para decidir a preta 131, Otake demorou uma hora e quinze minutos, além do intervalo do almoço, e às duas da tarde apanhou a pedra; no entanto, murmurou:

---

99. Literalmente, bambu cortado, deixando um único nó.

— Será? — pensou mais uma vez e, um minuto depois, jogou.

Ao examinar a preta 131, o mestre manteve a postura ereta, esticou o pescoço para frente, e dava pancadas nervosas na borda do braseiro de palóvnia. Calculava os pontos, percorrendo o tabuleiro com olhar aguçado.

Um lado do triângulo fora cortado pela preta 131, e agora a preta 133 cortava mais um lado. A partir daí seguiu-se um *atari* de três pontos, e, em sequência até a preta 139, Otake pressionou rapidamente, de *atari* em *atari*, provocando uma enorme transformação, um fenômeno assombroso, segundo o próprio. As pretas invadiram o pleno centro da formação branca. Imaginei ter escutado o ruído de desmoronamento do quartel das brancas.

O mestre hesitava, agitando o leque nervosamente. Não sabia se iria se empenhar em uma fuga direta ou capturaria duas pedras ao lado.

— Não sei. Não faz diferença. Não sei — murmurou inconsciente. — Não seeei. Não seeei.

Contudo, jogou com uma rapidez inesperada, em 28 minutos. Pouco depois, foi trazido um lanche para o chá das três.

— Que tal um *mushizushi*[100]? — o mestre ofereceu a Otake.

— É que estou com um pouco de desarranjo...
— Tente curar comendo sushi — disse o mestre.

Otake comentava a respeito da branca 140 do mestre:

---

100. Espécie de *chirashizushi*: arroz avinagrado sobre o qual são colocados diversos ingredientes, mas sem os ingredientes crus.

— Pensei que fosse a hora do *fujite*, mas o senhor jogou... Joga rápido, uma após outra, é terrível. Não há nada mais terrível para mim do que jogadas rápidas.

O mestre foi jogando até a branca 144, e na vez da preta 145 era o *fujite*. Otake apanhou a pedra e estava prestes a colocá-la, mas voltou a refletir; e então chegou a hora do término da sessão. Enquanto Otake estava no corredor para lacrar o envelope, o mestre permaneceu imóvel, percorrendo o tabuleiro com um olhar severo. As pálpebras inferiores estavam febris e um pouco inchadas. Nos confrontos em Itô, o mestre consultava com frequência o relógio.

40

— Se for possível, gostaria de concluir a partida hoje — disse o mestre para os organizadores na manhã do dia 4 de dezembro.

Durante a partida no turno da manhã, disse também para Otake, sétimo dan:

— Vamos concluir a partida hoje?

Otake assentiu calmamente com a cabeça.

Fiel repórter da batalha que eu era, senti um aperto no coração ao pensar que estava para terminar naquele dia o jogo que durou mais de seis meses. Além do mais, a derrota do mestre estava evidente para todos.

Ainda durante a manhã, quando Otake se afastou do tabuleiro, o mestre disse, olhando para nós:

— Acabou tudo. Não há mais espaço para colocar nenhuma pedra — sorria um pouco.

Não sei quando chamara o barbeiro, mas nesse dia o mestre surgiu de cabeça raspada feito um bonzo. Viera para Itô de cabelo longo, que crescera durante a hospitalização, repartido e tingido de preto; e, de repente, apareceu nessa manhã com um corte quase rente. Suscitava-me a dúvida se o mestre tinha esses comportamentos teatrais, mas aparentava ser mais jovem com a pele lustrosa, como se tivesse se livrado de algo que o importunava.

No dia 4, uma ou duas flores de *ume* desabrocharam no jardim. Era domingo. Muitos hóspedes haviam chegado no sábado, de modo que no domingo o local do jogo foi transferido para a ala nova. A sala ficava ao lado do quarto do mestre, onde eu costumava ficar. Os aposentos do mestre eram no fundo da ala nova, no térreo, e os dois quartos no andar superior localizados na mesma posição foram ocupados desde a véspera pelos organizadores. Ou seja, a hospedaria deixou de aceitar outros hóspedes a fim de proteger o sono do mestre. O aposento de Otake era no segundo piso da ala nova, mas na véspera ou na antevéspera fora trocado para um do andar térreo. Ele se sentia indisposto e se queixava do cansaço devido ao sobe e desce na escadaria.

A ala nova se abria para o lado sul e havia um amplo jardim, deixando os raios do sol alcançarem até próximo ao tabuleiro.

Enquanto aguardava a abertura do *fujite* feito pela preta 145, o mestre, de cabeça inclinada para um lado e de sobrolho apertado, fitava o tabuleiro numa atitude severa de combate. Otake, por seu lado, jogava com maior rapidez, talvez porque começasse a vislumbrar a vitória.

Quando, enfim, chega-se à última fase, em que a demarcação dos territórios é finalizada, os jogadores apresentam um nervosismo bem diverso do da fase preliminar ou intermediária. As fagulhas dos nervos superexcitados relampejam, e os corpos inclinados para frente se tornam ameaçadores. Como se fosse um duelo com espadas curtas e afiadas, a respiração fica acelerada e entrecortada. Para o espectador, é como se olhasse o rebrilhar do fogo da sabedoria.

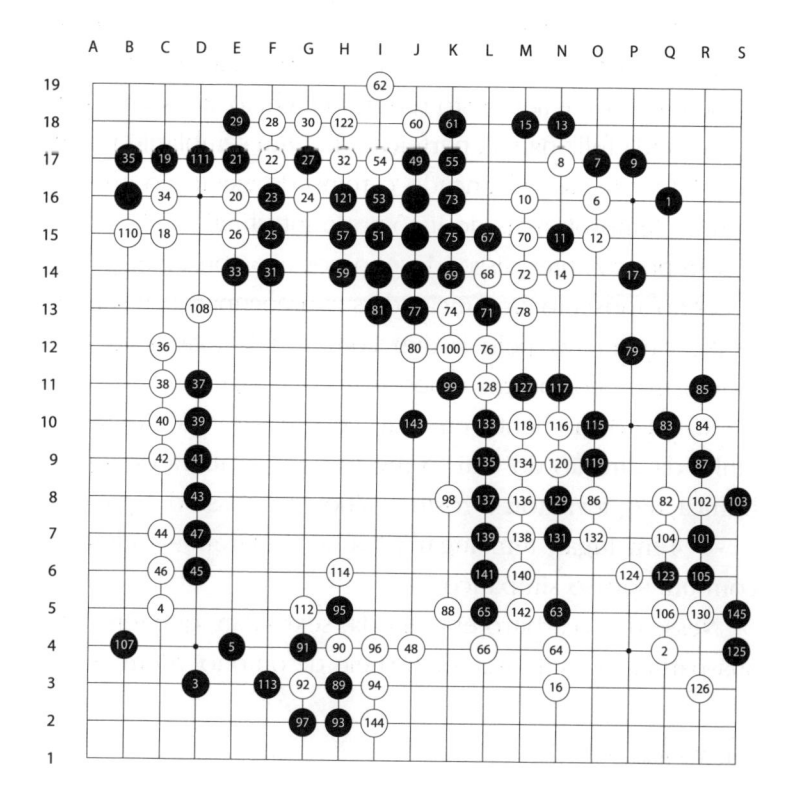

Em jogos normais, Otake seria capaz de jogar cem movimentos no último minuto, revelando sua potência na perseguição final; nesta partida, porém, embora restassem ainda seis ou sete horas do tempo a que tinha direito, quando entraram na etapa final ele parecia ser arrastado pela torrente veloz do arrebatamento de nervos e não conseguia conter o próprio ritmo acelerado. Várias vezes, como se quisesse se apressar, introduzia, inconscientemente, a mão na caixa das pedras e então voltava a si, mas logo mergulhava de novo em reflexão. Até mesmo o mestre pegava de vez em quando uma pedra, mas parecia ficar hesitante por algum tempo.

Assistir à etapa final desta partida foi como observar uma máquina veloz e de implacável precisão matemática; havia também uma estética de disciplina e organização, o que proporcionava uma agradável sensação. Apesar de se tratar de uma batalha, ela assumia uma bela forma. Crescia a beleza das imagens dos jogadores, que já nem olhavam para os lados.

No intervalo entre a preta 177 e a branca 180, Otake parecia ter entrado em estado de êxtase, algo transbordava do seu interior, e seu rosto redondo e cheio se assemelhava ao do Buda feliz na sua perfeição. Era um semblante magnífico, talvez tivesse alcançado o reino da exaltação artística. Nem se lembrou mais do incômodo intestinal.

Um pouco antes disso, decerto por não conseguir permanecer no aposento em função de sua preocupação, a senhora Otake caminhava pelo jardim com aquele magnífico bebê Momotaro[101] nos braços e observava de longe a sala de jogo.

No exato momento em que cessou a longa sirene que vinha da direção do mar, o mestre, que acabara de jogar a branca 186, levantou o rosto e olhou na nossa direção.

— Tem lugar, tem lugar para se sentarem — chamou, com um sorriso simpático.

Nesse dia, o árbitro era Onoda, sexto dan, que terminara sua participação no grande torneio de outono. Além dele, o

---

101. Ver nota 29.

secretário Yawata, os repórteres Goi e Sunada, o correspondente local do *Diário de Tóquio* e os organizadores deste evento se reuniam para assistir ao jogo, que a cada instante se aproximava mais do desfecho. Algumas pessoas se apertavam junto do *fusuma* que separava a sala contígua, ou ficavam em pé atrás dele. O mestre os convidara para que entrassem e assistissem de perto.

O semblante de Buda de Otake durou por pouco tempo e voltou a ficar tenso, vigoroso, cheio de disposição para a batalha. A pequena figura do mestre se mantinha na postura correta e imóvel, e parecia grande, a ponto de criar silêncio ao seu redor; o mestre fazia cálculos mentais o tempo todo. Otake lançou a preta 191; o mestre baixou a cabeça, arregalou os olhos e adiantou os joelhos, aproximando-se do tabuleiro. Os leques dos dois adversários estalavam com violência. Com a preta 195 chegou o intervalo para o almoço.

À tarde, voltamos a ocupar a costumeira sala de jogo, a sala número seis do prédio antigo. Depois do meio-dia, o tempo nublou e os corvos crocitavam repetidas vezes. A luz sobre o tabuleiro foi acesa. Era uma lâmpada de sessenta velas, pois cem velas clareavam demais. As sombras com a tênue cor das pedras refletiam no tabuleiro. Talvez pela gentileza da hospedaria, fizeram uma decoração especial para o último dia da partida, pendurando no *tokonoma* um par de paisagens em tinta nanquim de Gyokusho Kawabata.[102] Embaixo dessas paisagens, colocaram uma estatueta de

---

102. Gyokusho Kawabata (1842-1913), pintor paisagista em estilo tradicional. Ocupou o cargo de professor na Universidade de Arte de Tóquio.

Buda montado num elefante e, do lado dela, uma cesta com cenouras, pepinos, tomates, *shitake* e *mitsuba*.[103]

Haviam me dito que, quando um grande jogo como este se aproxima do final, torna-se insuportável de assistir, pois acaba sendo bastante cruel; no entanto, o mestre continuava imperturbável. Observando-se só sua atitude, não se poderia saber que ele estava sendo derrotado. Na altura do movimento da branca 200, suas faces ficaram coradas, e, pela primeira vez, ele retirou o cachecol, parecendo se sentir pressionado, mas não perdia a postura correta e rija. Quando Otake fez a última jogada, a preta 237, o mestre já estava sereno. E, em silêncio, pôs uma pedra no ponto neutro (*dame*)[104]; no mesmo instante, Onoda, sexto dan, lhe perguntou:

— São cinco pontos?

— Sim. Cinco pontos... — murmurou o mestre, levantando as pálpebras inchadas, e nem tentou fazer a recomposição do tabuleiro. O fim do jogo aconteceu às duas horas e 42 minutos da tarde.

No dia seguinte, após ter dado uma entrevista para as "Considerações dos jogadores", o mestre disse, sorrindo:

— Sem fazer a contagem, eu disse cinco pontos, mas... Na minha contagem por cima seriam 68 a 73. Porém, se eu contar direito deve ser bem menos — e assim o fez. Os resultados foram 56 pontos para o lado preto e 51 pontos para o branco.

Até o lance equivocado da branca 130 e a invasão das pretas na formação desenhada pelas brancas, ninguém previa um

---

103. Literalmente, "três folhas". Erva comestível (*Cryptotaenia japonica*).
104. Sinal de que a partida está terminada.

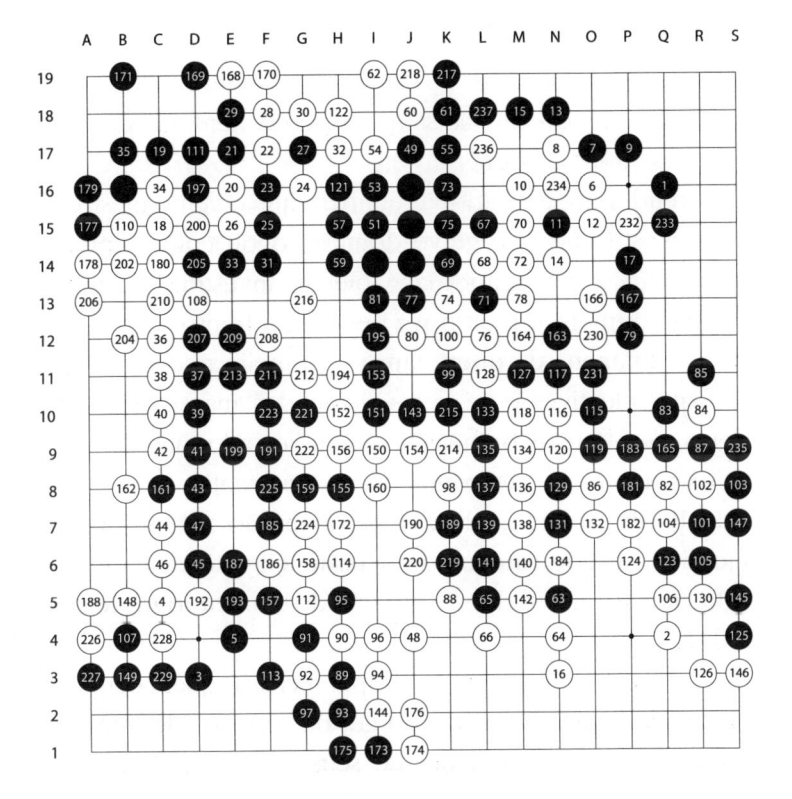

resultado com uma diferença de cinco pontos. Depois disso, o mestre contou que havia cometido um grave descuido na altura do movimento 160, quando devia ter passado à ofensiva e cortado em 17-18, perdendo assim a oportunidade de "reduzir um pouco" a diferença no fim do jogo. Dessa forma, mesmo com o lance equivocado da branca 130, a diferença final teria sido menor do que cinco pontos, talvez três; nesse caso, se não tivesse acontecido o erro crasso do mestre e o "fenômeno assombroso", como teria ficado o final da partida? Seria a derrota das pretas? É difícil para um amador avaliar, mas não creio que as pretas chegassem a perder. Observando a atitude e determinação de Otake neste confronto, eu estava quase acreditando que ele sairia vencedor, nem que para isso precisasse roer as pedras.

Contudo, pode-se afirmar também que o velho mestre de 65 anos, sofrendo de grave doença, jogou com admirável perseverança, rechaçando as violentas investidas do representante número um da nova geração, a ponto de neutralizar as vantagens de quem lança a primeira pedra do jogo. Não que ele tivesse se aproveitado das más jogadas das pretas, nem que as brancas tivessem lançado mão de ardis; o fluxo natural é que conduziu a uma batalha sutil e delicada. Porém, devido, talvez, à preocupação com sua saúde, o jogo do mestre careceu de persistência e tenacidade.

O "mestre invencível" foi vencido no seu jogo de despedida.

— O mestre tinha como princípio rechaçar quem ocupasse o segundo lugar no mundo do go, ou seja, aquele que seria seu sucessor — contou um de seus discípulos. Não estou certo se, de fato, o mestre tinha dito essas palavras, mas, de qualquer modo, ele o praticou ao longo de toda sua carreira.

No dia seguinte ao término da partida, retornei para minha casa em Kamakura, e logo que concluí a reportagem do jogo, que durou 66 dias, saí em viagem às regiões de Ise e Kyoto, como se fugisse do campo de batalha daquela competição.

Soube que o mestre continuou em Itô. Seu peso aumentou quinhentos *monme*[105], e ele chegou a pesar oito *kan*

---

105. Um milésimo de *kan*, que equivale a 3,75 quilos.

e quinhentos. Também chegou a notícia de que o mestre visitou um sanatório de soldados feridos e doentes, levando vinte conjuntos de tabuleiros e pedras de go. No final de 1938, as casas termais estavam sendo usadas para tratamento de soldados feridos e doentes.

41

No Ano-Novo do segundo ano após o jogo de despedida, o mestre compareceu com dois discípulos, Maesa, sexto dan, e Murashima, quinto dan, à cerimônia de abertura das aulas de go na residência de seu cunhado Takahashi, quarto dan, em Kamakura, onde este ensinava go. E lá reencontrei o mestre pela primeira vez desde aquele jogo. Era o dia 7 de janeiro. O mestre jogou duas partidas de exercício, mas parecia fazer muito esforço. Não conseguia segurar a pedra com firmeza e quase a deixava cair no tabuleiro, mal produzindo som, em vez de bater com vigor. Na segunda partida, seus ombros subiam e desciam quando ele respirava, e as pálpebras começaram a inchar um pouco. Não era um inchaço a ponto de chamar a atenção, mas me lembrei do mestre em Hakone. Sua doença não melhorara.

Dessa vez eram apenas exercícios dos amadores e não ofereceriam nenhuma dificuldade para o mestre vencer; entretanto, como sempre, ele logo entrou no estado de desligamento total. A segunda partida foi suspensa na preta 130, pois chegou a hora de irmos jantar no hotel Kaihin, à beira do mar. Era um jogo com handicap de quatro pontos contra um amador primeiro dan bastante forte. Seu estilo era adquirir força a partir da fase intermediária, e ele já corroía o grande desenho das brancas, que estava ficando esparso.

— As pretas parecem que estão indo bem, não é? — perguntei a Takahashi, quarto dan.

— Sim. As pretas vão vencer. Os contornos das pretas são espessos, enquanto que o lado branco está em dificuldade — respondeu. — Vejo que o mestre está ficando um pouco senil. Comparando com quem era antes, agora está bem debilitado. Não lhe será mais possível jogar uma partida séria. Na realidade, depois de seu jogo de despedida ele decaiu bastante.

— Ele me parece que envelheceu de repente.

— Sim. Nos últimos tempos acabou virando um vovozinho... Se tivesse vencido o jogo de despedida, quem sabe se não estaria bem diferente agora?

Quando nos despedimos no hotel Kaihin, prometi ao mestre:

— Um dia desses nos encontraremos em Atami.

Em 15 de janeiro, o mestre e sua esposa chegaram à hospedaria Urokoya, em Atami. Antes disso, eu já estava na Juraku. Na tarde do dia 16, eu e minha esposa fomos à Urokoya visitar o casal. O mestre logo puxou o tabuleiro de *shogi* e jogamos duas partidas. Como não sou bom em *shogi*, não sentia muita disposição para jogar, e apesar do handicap de duas peças perdi com facilidade. O mestre insistiu que nós ficássemos para o jantar, mas agradeci.

— Hoje nós já vamos, pois está fazendo muito frio. Num outro dia, quando o tempo estiver mais ameno, nós os acompanharemos até o Jubako ou ao Chikuyo — disse-lhe.

Naquele dia, caíra uma neve esparsa. O mestre gostava do prato de enguia. Depois que partimos, tomou um banho quente de imersão. Contaram-me que a esposa o segurou por trás, abraçando seus flancos. Mais tarde, quando se deitou, o mestre sentiu dores no peito e dificuldade para respirar. E, dois dias mais tarde, antes da alvorada, faleceu. Takahashi, quarto dan, telefonou-me informando o ocorrido. Quando fui abrir o *amado* da varanda, o sol ainda não havia nascido. Eu me perguntava se a nossa visita não teria afetado a saúde do mestre.

— Anteontem, o mestre insistiu muito para que nós ficássemos para jantar... — disse minha esposa.

— É verdade.

— A senhora repetiu o convite com tanta gentileza, mas você recusou e fomos embora. Achei descortês da nossa parte. Ela já tinha comunicado à empregada que nós ficaríamos para jantar com eles.

— Eu sabia disso, mas me preocupei com a saúde do mestre, fazia tanto frio...

— Será que o mestre entendeu isso? Não teria ficado aborrecido, já que estava com essa intenção? Parecia que não queria realmente que nós fôssemos embora. Devíamos ter aceitado o convite com simplicidade. Não teria se sentido tristonho por alguma razão?

— Parecia tristonho mesmo. Mas, de qualquer forma, estava sempre assim.

— Apesar do frio, acompanhou-nos até o vestíbulo...

— Basta!... Não, não quero. Não quero mais que as pessoas morram.

O corpo do mestre retornou a Tóquio naquele mesmo dia. Quando o carregavam, enrolado no acolchoado, do vestíbulo da hospedaria até o carro, era tão pequeno e sem volume que até parecia não haver corpo nenhum. Em pé, um pouco afastado do local, aguardamos a partida do carro. De repente, dei-me conta:

— Não tem flores. Onde fica a florista? Vá comprar flores, rápido, o carro já vai sair... — ordenei à minha esposa.

Ela foi e voltou correndo. Peguei o buquê e entreguei à esposa do mestre, que estava no carro.

Referência bibliográfica

NIHON KIIN. *Go – O jogo mais fascinante do mundo*. Volume 1 – *Introdução*; Volume 2 – *Técnicas Básicas*. Nihon Kiin, Tóquio, 1974.

Outras obras de Yasunari Kawabata
editadas pela Estação Liberdade

A casa das belas adormecidas (2004)
O país das neves (2004)
Mil tsurus (2006)
Kyoto (2006)
Contos da palma da mão (2008)
A dançarina de Izu (2008)
O som da montanha (2009)
O lago (2010)
A Gangue Escarlate de Asakusa (2013)
Kawabata-Mishima Correspondência 1945-1970
(com Yukio Mishima, 2019)

ESTE LIVRO FOI COMPOSTO EM GATINEAU CORPO 11 POR
15 E IMPRESSO SOBRE PAPEL AVENA 80 g/m² NAS OFICINAS
DA MUNDIAL GRÁFICA, SÃO PAULO — SP, EM MAIO DE 2022